AF281233

eine
(kinky)
weihnachts
geschichte

Berührt

KATY RAZE

Impressum

Erstausgabe Dezember 2023
Alle Rechte vorbehalten!

Impressum:
© 2023 Katy Raze
c/o JENBACHMEDIA
Grünthal 109
83064 Raubling

Cover: Katy Raze
Korrektorat: Holly O'Rilley

katyraze@web.de

Herstellung und Verlag:
BoD – Books on Demand, Norderstedt
ISBN: 9783758316647

Kapitel 1: Jamie

Jamie

Vorweihnachtszeit ist die Schlimmste.

Nun, eigentlich stimmt das nicht ganz. Im Herbst, besonders kurz vor Halloween, in der ich gefühlt fünfzig Pumpkin Spice Lattes am Tag zubereite, ist es beinahe genauso ätzend. Aber sobald es Dezember wird, verändert sich die herbstliche, gemütliche Stimmung und wird zu einem wahren Spießrutenlauf. Überall lauern Dramen und Traumata. Herrlich.

»James, noch zweimal Sojalatte mit Hafermilch«, ruft Sue mir entgegen. »Und einmal Vanilla Soy Latte mit weißer Schokolade und zwei Spritzern Haselnusssirup. Hast du verstanden?«

»Vanilla Soy Latte mit …« Ich werde von dem Vibrieren in meiner Hosentasche abgelenkt und vergesse den Rest der Bestellung. Nur eine App ist auf meinem Handy laut gestellt – *darkdomfantasies*. Dieselbe App, die meine Bildschirmzeit in den letzten Monaten geradezu gesprengt hat. Meine Fingerspitzen kribbeln von dem Verlangen, das Telefon herauszuziehen und nachzusehen.

Er hat mich ganz schön lange warten lassen. Normalerweise wache ich mit einer Benachrichtigung von ihm auf.

Er ist früh auf den Beinen im Gegensatz zu mir, aber nicht heute.

»Jamie?!«, ruft Sue mit genug Panik in der Stimme, um mich aus meinem kurzen Moment des Zögerns zu reißen.

Eilig mache ich mich daran, die Getränke zuzubereiten. War es weiße Schokolade? Und wie viele Spritzer von welchem Sirup? Ganz egal, ich hoffe nur, dass keine Beschwerden kommen.

In Rekordgeschwindigkeit serviere ich die Drinks und fertige auch die nächste Bestellung ab, bevor ich mir eine Minute Zeit nehme, um auf mein Handy zu schauen.

> Brooks
> Heute ein spätes guten Morgen, Süßer, ;) ich hoffe, du hast besser geschlafen als ich. Ich habe von dir geträumt ... Schickst du mir was, um mich aufzumuntern?

Sofort muss ich lächeln, wie jedes Mal, wenn ich eine Nachricht von ihm lese. Manchmal liege ich abends stundenlang im Bett und scrolle durch unseren Chat, während ich darüber fantasiere, wie es wäre, ihn in echt zu treffen.

Das ist natürlich nur eine sinnlose Träumerei, aber es hält mich bei Laune.

»Schreibst du deinem geheimen Lover?«

Ich zucke zusammen, als Sues Stimme unmittelbar hinter mir ertönt. Eilig stecke ich mein Handy zurück und beiße mir schuldbewusst auf die Unterlippe.

»Tut mir leid. Wie war die Bestellung noch gleich?«

Als sie grinst, blitzt ihre Zahnlücke auf. Das fand ich schon immer besonders liebenswert an ihr. »Keine Panik. Ich wollte nur nachsehen, warum du so verträumt lächelst. Schickt er dir lustige Memes oder versaute Nachrichten?«

»Nichts davon«, versichere ich ihr eilig, auch wenn das gelogen ist. Schlimm genug, dass meine Arbeitskollegin und Mitbewohnerin von meiner Obsession mit Brooks weiß. Sie muss nicht alle schmutzigen Details kennen.

»Ach komm, ich bin neugierig! Worüber redet ihr so?«

»Da gibt es wirklich nichts zu erzählen«, wiegele ich ab und nicke in Richtung des Durchgabefensters, durch das man zur Theke schauen kann. »Solltest du nicht lieber wieder nach vorne, bevor Debby Stress macht?«

Sue verzieht das Gesicht und knufft mich in die Seite.

»Spielverderber«, murrt sie mit einem Augenzwinkern und huscht aus meinem Arbeitsbereich.

Die meisten beneiden mich nicht darum, hinten in der muffigen Küche zu arbeiten und eine komplizierte Getränkebestellung nach der anderen zuzubereiten, doch ich liebe die Tätigkeit hier. Nun gut, *lieben* ist sicher der falsche Begriff, aber ich habe mich damit arrangiert – und es ist allemal besser, als vorne zu stehen und mich den ganzen Tag mit Menschen zu unterhalten.

Nach einer weiteren halben Stunde, in der ich immer ungeduldiger werde, kann ich endlich eine kurze Pause machen und mich auf die Toilette verziehen. Ich schließe mich in einer Kabine ein und zücke mein Handy. Etwas umständlich öffne ich die Jeans, ziehe die Spitzenunterwäsche ein Stück hoch und raffe das Shirt. Ich knipse ein schnelles Foto, bei dem man ein bisschen Haut und die Unterwäsche sieht.

Ohne groß darüber nachzudenken, schicke ich es an Brooks. Wenn ich es mir zu lange anschaue und immer wieder durchdenke, traue ich mich doch nicht.

Jamie

Trage dein Geschenk ... Danke dafür, Sir. Fühlt sich fantastisch an.

Leider habe ich keine Möglichkeit, mich länger auf der Toilette zu verschanzen und auf seine Antwort zu warten, da ich zurück in die Küche muss. Heute ist es mal wieder besonders voll.

Erst sieben ganze Stunden später kann ich endlich Feierabend machen. Meine Füße schmerzen und meine Ohren klingeln, ich fühle mich absolut ausgelaugt. Zumindest entdecke ich eine Nachricht von Brooks, als ich in der Dunkelheit zu meinem Auto laufe.

Kleine Schneeflocken klatschen auf mein Display und schmelzen dort. Fuck, das erinnert mich daran, dass es langsam wirklich kalt wird. Ich brauche dringend eine neue Decke, damit ich den Heizstrahler nicht schon so früh anschmeißen muss. Die Heizung in meinem Zimmer funktioniert bereits seit dem Einzug nicht so richtig.

Brooks

Mhm, ja, sieht genauso gut an dir aus, wie ich erwartet habe. Ich wünschte, ich könnte es auch fühlen. Würde dich gerade so gerne in meinem Bett haben und jeden Zentimeter deiner Haut streicheln.

Jamie

Bist du denn schon im Bett?

Dieses Mal schreibt er fast sofort zurück.

Brooks

Nein, aber du würdest in meinem Zuhause zwischen meinen Laken auf mich warten. Dann hätte ich vielleicht einen guten Grund, früher nach Hause zu kommen. Denk dran, nicht aufs Handy zu schauen, während du fährst, mein Schatz … bis gleich.

Mir wird ganz warm ums Herz, als ich den letzten Teil lese. Nur Brooks schafft es, innerhalb einer Nachricht von versaut zu liebevoll zu wechseln.

Natürlich höre ich auf ihn, verstaue mein Mobiltelefon in der Tasche und konzentriere mich aufs Fahren, wie es mein Dom befohlen hat. Fünfzehn Minuten später habe ich es mir in einem warmen Hoodie in meinem Bett gemütlich gemacht und zücke wieder mein Handy.

Jamie

Bin gut zuhause angekommen. Dein Vorschlag klingt übrigens verdammt verführerisch.

Brooks
Sehr gut.
Komm nach New York, ich warte hier auf dich. ;)

Jamie
Komm du doch nach Chicago.

Brooks
Haha … vielleicht tue ich es irgendwann, wenn du mich weiter so reizt.

Die Vorstellung ist heiß und beflügelt mich, weil es so fernab der Realität ist. Gute zwölf Autostunden Fahrt trennen uns voneinander und außerdem ist Brooks so eingespannt in seiner Arbeit, dass es absolut unmöglich ist, dass wir uns irgendwann im realen Leben treffen.

Genau das macht unsere Beziehung so perfekt.

Brooks
Was tust du gerade?

Ich aktiviere die Kamera und halte das Handy so, dass man den unteren Teil meines Körpers sehen kann. Niemals mein Gesicht.

Jamie

> Liege im Bett. Und du?

Brooks

> Letztes Meeting im Büro. Wieso hast du so viele Klamotten an?

Bestimmt will er nichts von meinen Geldproblemen und der kaputten Heizung wissen. Das ist nicht sexy.

Jamie

> Du musst mir wohl einheizen …

Zehn Minuten später kriege ich ein Bild von ihm, man sieht die untere Hälfte seines Gesichts, den sexy drei Tage Bart, seinen Anzug und eine Hand, die lässig in seinem Schoß ruht.

Jamie

> Ein guter Anfang.

Brooks

> Mehr geht im Moment nicht. Wartest du noch dreißig Minuten?

Jamie

> Ja, Sir.

Brooks
Guter Junge.

Sexting mit meinem heißen Dom ist eindeutig zu meiner Lieblingsbeschäftigung in den letzten Monaten geworden. Leider heißt das auch, dass ich am nächsten Morgen völlig übermüdet bin und nur schwer aus dem Bett komme. Die Kälte hilft zumindest, vor allem, da es über Nacht auf Minustemperaturen heruntergekühlt ist.

»Hey«, grüße ich Sue in der Küche. Sie trägt wie ich mehrere Schichten Klamotten und wärmt ihre Finger an einer Tasse Kaffee.

»Kalt, hm?«

»Ja. Zu kalt«, bestätigt sie und zieht fröstelnd ihre Jacke enger. Der Blick, den sie mir zuwirft, ist irgendwie schuldbewusst. »Das geht so echt nicht weiter, Jamie. Der Heizstrahler in meinem Zimmer bringt einen Scheiß.«

Unwohl verschränke ich die Arme vor der Brust und lehne mich gegen die Küchenzeile. Minnie springt zu mir und reibt sich schnurrend an meiner Hand. Ich ignoriere, dass sie das eigentlich nicht darf und genieße, wie gut sich ihr warmes Fell anfühlt. »Was schlägst du vor? Wir können uns keine Reparatur leisten.«

»Ich weiß.« Sie senkt den Blick. »Deswegen ziehe ich mit Minnie und George fürs Erste zu MJ.

In seiner WG ist ein Zimmer frei.« MJ ist ihr neuer Freund, der in letzter Zeit öfters hier abhing. Ich konnte ihn nie richtig leiden. Mal ehrlich, nur Idioten kürzen ihren Namen auf diese Weise ab. Aber selbst ihm ist unsere Wohnung inzwischen zu kalt geworden.

Ich verliere mich in den Gedanken über MJ, dass mir erst ein paar Sekunden später klar wird, was sie mir soeben verkündet hat. »Oh«, mache ich perplex. Sue will hier wegziehen?

»Tut mir leid, Jamie. Ich will dich echt nicht hängen lassen, aber ich kann dich nicht mitnehmen. MJ ist schon nicht begeistert wegen der Katzen.«

Hart schlucke ich. Natürlich nicht, Sue und ich sind ja nicht einmal richtige Freunde. Nur Mitbewohner und Arbeitskollegen, die beide knapp bei Kasse sind. »Alles gut, Sue. Ich meine, ich verstehe das. Du musst an dich denken.«

»Kannst du vielleicht auch irgendwo anders unterkommen?«

Nein, ich habe niemanden. Nur sie. »Ja, bestimmt. Ich werde mich umhören«, lüge ich.

Es sind noch so viele Fragen offen. Wird sie weiterhin ihren Teil der Miete bezahlen oder muss ich mir einen neuen Mitbewohner suchen? Was ist mit ihren Möbeln? Aber für den Moment muss ich mich zusammenreißen, um mich von der Verzweiflung nicht übermannen zu lassen.

»Ich muss zu meiner Schicht.«

»Jamie ...«

»Es ist alles gut, Sue«, versichere ich ihr, tätschele noch einmal Minnies Kopf und laufe in Richtung Haustür.

In meinem Auto stelle ich die Heizung auf volle Pulle und halte meine klammen Finger an die Lüftung. Vielleicht sollte ich hier schlafen. Ist zumindest angenehmer als in meinem kalten Zimmer.

Bevor ich losfahre, checke ich noch einmal mein Handy. Das grüne Symbol von *darkdomfantasies* steigert meine Laune, denn das bedeutet eine Nachricht von Brooks.

Brooks
Hab heute Morgen schon schlechte
Nachrichten erhalten. Kannst du mich
aufmuntern?

Dann sind wir schon mal zu zweit.

Jamie
Klar. Wie genau?

Brooks
Schick mir ein Bild. Ich vermisse es, dein
Gesicht zu sehen.

Meine Mundwinkel zucken, aber meine gute Laune ist schnell wieder vorbei. Nun ja, er meint nicht wirklich *mein* Gesicht, sondern dasjenige, das ich auf meinem Profil verwendet habe. Aus meiner Galerie suche ich ein Bild von dem Stockfoto-Model aus. Auf diesem Foto hockt der Typ in einem Auto und grinst in die Kamera. Er ist attraktiv, süß und hat ein keckes Lächeln – kein Wunder, dass Brooks ausgerechnet *ihn* ausgewählt hat.

Wieder verspüre ich Unwohlsein tief in meinem Magen, als ich losfahre. Am Anfang hat es harmlos angefangen, ich habe mit mehreren Männern auf *darkdomfantasies* geschrieben und Brooks war nur einer von vielen. Aber jetzt, wo wir uns jeden Tag schreiben, fühlt es sich falsch an, ihn auf diese Weise anzulügen. Ein Rückzieher ist nicht mehr drin. Ich kann ihm ja schlecht sagen, dass ich die ganze Zeit fremde Bilder verwendet habe und vollkommen anders aussehe.

Was solls. Wir werden uns ohnehin nie im echten Leben sehen. Vermutlich sollte ich mich besser um die realen Probleme kümmern, die gerade auf mich warten.

Brooks

»Das ist doch nicht euer verdammter Ernst. Ich habe mein ganzes Leben für diese Firma gegeben und das ist der Dank dafür?«

Maple hebt überaus unbeeindruckt die Augenbraue über meinen dramatischen Tonfall. »Sprichst du unsere Sprache, Brooks? Ich habe gesagt, dass du drei Wochen Urlaub nehmen musst. Nicht, dass du der Firma deine linke Niere spenden sollst.«

Genervt schnaube ich. Ich hätte meiner Sekretärin niemals erlauben dürfen, meinen Vornamen zu benutzen. Das hat irgendwie die Chef-Ebene abgeschafft und Platz für Sarkasmus gemacht, den ich ganz und gar nicht gebrauchen kann. Vor allem nicht jetzt.

»Wer zum Teufel hat das genehmigt?!«

»Ms. McGloud hat den Antrag unterzeichnet«, klärt Maple mich auf und dreht ihren linken Computerbildschirm, damit ich einen Blick auf das Dokument erhaschen kann. Tatsächlich, dort steht es. Schwarz auf weiß. *Zwangsurlaub.*

»Das ist die Firmenrichtlinie, okay? Die solltest du besser kennen als ich. Du musst den Urlaub der letzten zwei Jahre nachholen«, fügt sie hinzu.

»Ich brauche keinen Urlaub!« Wofür gibt es denn Wochenenden, zur Hölle? »Was ist mit meinen Projekten?« Ich kann nicht gebrauchen, dass Finch seine Finger in meine Angelegenheiten steckt. Seit ich denken kann, sind wir quasi Rivalen, auch wenn wir für dieselbe Firma arbeiten. Aber, nun ja, wir haben uns schon immer miteinander gemessen. Ich kann nicht zulassen, dass er für die nächsten drei Wochen meinen Job erledigt.

»Keine Ahnung, ich schätze, Mr. Finch wird die dringenden Sachen in deiner Abwesenheit übernehmen«, antwortet Maple wie erwartet.

Große Klasse. »Ich muss mit Ms. McGloud sprechen.«

»Viel Glück, sie steckt heute den ganzen Tag in Terminen.«

Augenrollend stoße ich mich von Maples Tresen ab und stapfe in mein Büro. Urlaub. Also wirklich.

Das einzig Tröstende ist, dass ich Jamie heute noch nicht geschrieben habe und das jetzt nachholen kann.

Brooks
Hab heute Morgen schon schlechte Nachrichten erhalten. Kannst du mich aufmuntern?

Auf seine Antwort muss ich nicht lange warten.

Jamie
Klar. Wie genau?

Nachdenklich scrolle ich durch unseren Chat der vergangenen Tage. Das Bild von gestern mit dem Spitzenhöschen lässt mich automatisch lächeln. Es wird höchste Zeit, dass ich ihm mal wieder etwas schicke. Vielleicht ein Spielzeug? Mit dem Vibrator, den ich über mein Handy steuern konnte, hatten wir letzten Monat eine Menge Spaß.

Aber für jetzt brauche ich wirklich eine Aufmunterung.

Brooks
Schick mir ein Bild. Ich vermisse es, dein Gesicht zu sehen.

Kurz darauf ploppt ein neues Foto in unserem Chatfenster auf, er schmunzelt in die Kamera, ein paar niedliche Haarsträhnen fallen ihm in die Stirn. Hach. Er ist so süß.

Brooks
Das rettet meinen Tag.

Jamie
    Machst du meinen auch besser?

                                        Brooks
            Was kann ich für dich tun, mein Schatz?

Okay, es wird Zeit, mit der Arbeit loszulegen.
Zumindest, solange ich noch kann und nicht
aus meinem eigenen Büro geschmissen werde.
Weihnachtsurlaub. Wer hat sich diesen Mist
ausgedacht? Mir reicht es völlig, an Heiligabend
und am ersten Weihnachtsfeiertag frei zu haben.
Was soll ich denn ganze drei Wochen lang tun?
    Grummelnd schiele ich wieder auf mein
Handy.

Jamie
    Gib mir eine sinnvolle Aufgabe für heute.
Brauche ein bisschen Ablenkung.

Oh, sieh mal an. Er erwartet sicher etwas
Versautes – letzte Woche habe ich ihn fünfmal
kommen lassen, mit Videobeweis – aber mir ist
heute danach, etwas Gutes für ihn zu tun.

                                        Brooks
        Trink drei Liter Wasser. Kaffee zählt nicht.

Jamie

Dein Ernst? Danke, dann werde ich wohl damit beschäftigt sein, ständig aufs Klo zu gehen.

Brooks

Höre ich da etwa Beschwerden?

Jamie

Nein, Sir.

Brooks

Gut, denn sonst müsste ich dir deinen süßen Hintern versohlen.

Jamie

Mit 800 Meilen Entfernung?

Dieser freche Junge. Unerhört, dass er mich daran erinnert, dass wir nur Internetfreunde sind. Manchmal vergesse ich es. Viel zu gerne stelle ich mir vor, dass ich nur nach Hause kommen müsste, um ihn zu sehen.

Darkdomfantasies sollte eine spannende, kleine Ablenkung von der Arbeit werden, ein paar Chats, Flirts und heiße Bilder. Ganz unverbindlich. Das war es auch, bis ich bei Jamie hängengeblieben bin. Seit ihm habe ich auf keine anderen Nachrichten mehr reagiert.

Ich schaffe es am Vormittag nicht, mit meiner Chefin zu sprechen. Zum Mittag treffe ich mich mit meinen Freunden, um mich zu beklagen. Leider verstehen sie absolut nicht den Ernst der Lage.

»Du bist der schlimmste Mensch der Welt«, schnaubt Marie und klaut sich Pommes von meinem Teller. »Wirklich. Niemand würde sich darüber beschweren.«

»Ich liebe meine Arbeit«, erkläre ich und sehe hilfesuchend zu Gabe, der sich jedoch nicht auf meine Seite schlägt.

»Ich auch, Alter, aber zum Urlaub machen müsste man mich nicht zwingen.«

Schnaubend werfe ich die Hände in die Luft. »Ihr versteht das nicht. Ich habe keine anderen Hobbys. Ich werde mich zu Tode langweilen.«

»Besuch doch deinen Internetfreund in Kanada«, schlägt Marie vor.

»Er ist aus Chicago«, korrigiere ich sie.

»Ach ja? Nicht aus Pandora?«

»Schatz, ärgere ihn nicht«, tadelt Gabe und tätschelt den Arm seiner Frau. »Wenn er real für Brooks ist, dann ist er es auch für uns.«

Unter dem Tisch trete ich gegen sein Schienbein. »Lasst das. Ich kann doch nicht nach Chicago fahren wie ein Stalker.«

»Hey, du magst diesen Jamie, oder?«, fragt Marie, nun weniger sarkastisch. »Wäre das nicht die perfekte Gelegenheit, ihn endlich mal zu sehen?«

Nachdenklich nippe ich an meinem Milchshake. Hat sie womöglich recht? Das wäre mir gar nicht in den Sinn gekommen, weil ich normalerweise ziemlich eingespannt bin. Die Arbeit nimmt mich ein und die Wochenenden sind verplant, außerdem hat Jamie recht – es sind achthundert Meilen.

Aber, nun, wenn ich drei Wochen Zeit hätte …

Maries Worte gehen mir den ganzen restlichen Tag über nicht mehr aus dem Kopf. Ist es nicht verrückt, dass ich tatsächlich darüber nachdenke?

Zumindest beschließe ich, meine Chefin nicht zu nerven und meinen Zwangsurlaub zu akzeptieren. Das bedeutet, dass ich nur noch fünf Tage arbeite, was wiederum heißt, dass einiges Organisatorisches zu klären ist und ich all meinen Klienten Bescheid sagen muss. Hoffentlich kann man die Zeit überbrücken, ohne, dass Finch sich in meine Projekte einmischen muss.

Am Abend, als ich im Bett liege, habe ich endlich Gelegenheit, mich wieder Jamie zu widmen.

Brooks

Was würdest du davon halten, wenn ich in mein Auto steige und dir in etwa fünfzehn Stunden persönlich den Hintern versohle?

Jamie

Klingt ziemlich heiß.

Brooks

Dürfte ich dann in deinem Bett schlafen oder verfrachtest du mich in ein Hotel?

Jamie

In meinem Bett wärst du gerade sehr willkommen. Bei uns hat es geschneit und es ist verdammt kalt geworden.

Brooks

Oh, mir fallen tausend Möglichkeiten ein, wie ich dafür sorgen kann, dass dir heiß bleibt.

Jamie

Kannst du jetzt dafür sorgen?

Brooks

Gleich, Liebes. Zuerst müssen wir die Rahmenbedingungen unseres Treffens ausmachen.

Brooks
Dein Zimmer oder ein Hotel? Oder noch
besser: Wir besorgen uns eine Hütte in den
Bergen und ich sperre dich darin ein. ;)

Jamie
  Tu das, ich bin offen für alles.

Brooks
Alles?

Jamie
  Jap.

Die Vorstellung gefällt mir. Wir haben oft darüber fantasiert, was wir tun, wenn wir uns gegenüber stehen. Alles in mir kribbelt freudig bei dem Gedanken, dass es bald tatsächlich wahr wird.

Euphorisch gehe ich online und sehe mir Jamies Wohngegend an. Er wohnt in einem Randbezirk und gar nicht weit von ihm entfernt gibt es ein wunderschönes Skiresort.

Passiert das wirklich? Werde ich nach Chicago fahren?

Brooks
Dann steht das fest. Du und ich in einer
einsamen Hütte.

Jamie

Wirst du mich fesseln, wenn ich versuche, abzuhauen?

Ich mache es mir im Bett gemütlicher und rutsche mit dem Kopf tiefer ins Kissen.

Brooks

Zuerst würde ich dich ausziehen, natürlich.

Jamie

Natürlich. Und dann?

Ein Lächeln zeichnet meine Züge.

Ja, das fühlt sich richtig an. Nach all den Monaten kann ich Jamie das erste Mal treffen und ein paar Tage in Chicago verbringen. Vermutlich wird das erste Aufeinandertreffen ein wenig steif und ungewohnt oder ... oder es wird so perfekt, wie ich es mir vorstelle.

Alles ist möglich und das beflügelt mich. Er ist offenbar generell nicht abgeneigt, mich zu treffen, und aus vorherigen Chats weiß ich auch, dass er die Wochen vor Weihnachten frei haben wird.

Würde es ihm gefallen, wenn ich ihn überrasche?

Ich könnte gleich ein paar seiner Fantasien wahr werden lassen. Nun, das Risiko werde ich eingehen.

Es ist immerhin *mein* Jamie. Wir schreiben seit Monaten. Ich kenne ihn und seine Vorlieben. Was soll da schon schiefgehen?

Kapitel 3: erstes Treffen

Jamie

Ich habe noch nie allein gelebt und in den letzten zwei Tagen festgestellt, dass ich es hasse. Die Stille, die Kälte, die Einsamkeit. Eins schlimmer als das andere. Nicht einmal die Katzen kuscheln sich in mein Bett oder schnurren um meine Beine.

Man könnte meinen, ich müsste es genießen, wo ich Menschen im Allgemeinen lieber aus dem Weg gehe, aber mit Sue habe ich mich wirklich gut verstanden. Sie war die perfekte Mitbewohnerin, weil sie immer da war, ohne aufdringlich zu werden.

Das Schlimmste ist tatsächlich, dass ich sie bald nicht einmal mehr auf der Arbeit sehen werde. Heute ist mein letzter Tag, bevor mein Chef mich in eine *Winterpause* schickt, was nur einem unbezahlten Urlaub gleicht. Jetzt, in den Winterferien, kommen die Kids vom College heim und suchen alle händeringend nach einem Job, der ihnen ein bisschen Taschengeld einbringt. Natürlich stellt die Filiale lieber ein paar Halbwüchsige ein, die sich mit einem niedrigen Stundenlohn zufrieden geben, statt eine Vollzeitkraft weiter zu beschäftigen.

Ich wusste das bereits, dennoch habe ich schlechte Laune, als ich meinen letzten Arbeitstag antrete. Vermutlich werde ich den Fernseher wieder verkaufen müssen, auf den ich mühsam gespart habe. Anders kann ich mir das Leben in den nächsten Monaten nicht leisten. Zwar habe ich einen Job beim Weihnachtsbaumverkauf in Aussicht, aber der ist nicht so gut bezahlt wie dieser hier. Ich freue mich ja schon riesig darauf, die nächsten Wochen nicht nur zuhause, sondern auch während der Arbeit in der Kälte zu stehen.

Ich brauche dringend mehr Decken.

Gerade als ich auf mein Handy schiele, um herauszufinden, ob Brooks mir schon geschrieben hat – nope, nichts mehr seit gestern Abend – höre ich meinen Namen rufen.

»Jamie, wir brauchen dich hier vorne!«

»Ähm, was?«

Debby schleppt sich durch die Drehtür und nimmt ihre Schürze ab. »Mir geht es gar nicht gut, du musst übernehmen.«

Automatisch weiche ich zurück. »Und wer soll die Bestellungen fertigmachen?«

»Das mache ich.«

Verwirrt mustere ich sie von oben bis unten. »Du siehst wirklich nicht gut aus.«

»Ja-ha und genau aus diesem Grund will Clark mich nicht vorne bei den Kunden haben.«

Sie rollt mit den Augen, als wäre es das logischste der Welt. Ich verkneife mir den sarkastischen Kommentar, dass sie beim Essen sicherlich gut aufgehoben ist, und nehme ihre Schürze entgegen.

Genau das hat mir noch gefehlt, um diesen Tag rund zu machen: Kundenkontakt.

Aber mir bleibt nichts anderes übrig, als mein Schicksal zu akzeptieren und ein verkrampftes Lächeln aufzusetzen.

»Das machst du schon«, murmelt Sue mir zu und knufft beim Vorbeigehen freundschaftlich meinen Arm. Sie kennt mich inzwischen gut genug, um zu wissen, dass ich es hasse, Kunden zu bedienen.

Die ersten zwei Stunden vergehen nur mühsam. Von meinem Platz aus habe ich einen perfekten Blick auf die großen Schaufenster und kann sehen, wie immer mehr Schnee vom Himmel fällt. Es ist grau und trüb, sodass Clark schon die bunte Beleuchtung angeknipst hat. Nicht nur das, sondern auch der ständige Geruch nach Kürbislatte und Zimt erinnert mich permanent daran, worauf wir zusteuern.

Und natürlich die Tatsache, dass mir gefühlt jeder zweite Kunde eine fröhliche Vorweihnachtszeit wünscht.

Ich wünschte, ich könnte damit so lässig umgehen wie Sue.

Sie strahlt wie ein Sonnenschein, hält Smalltalk mit den Kunden und lacht über deren Witze, scherzt mit den Kollegen und wippt mit der Hüfte zum Takt von *Last Christmas*. Auch sie kann Weihnachten nichts abgewinnen – letztes Jahr haben wir zusammen Pizza gegessen und Horrorfilme geschaut, während der Rest des Bundesstaates den ersten Weihnachtsfeiertag zelebriert hat – aber man merkt es ihr nicht an. Ganz im Gegensatz zu mir, schätze ich.

Wäre ich nicht schon mit dem morgigen Tag entlassen, hätte Clark mich vermutlich heute gefeuert. Seine unzufriedenen Blicke in meine Richtung entgehen mir nicht.

Weil mir kaum etwas anderes übrigbleibt, gebe ich mein Bestes, um nicht in Gedanken zu versinken und im Hier und Jetzt präsent zu bleiben. Das passiert mir oft. In den letzten Monaten ist Brooks meine Lieblingsfantasie, die durch seine Nachrichten nur befeuert wird. Es ist einfach so viel angenehmer, in Traumwelten abzudriften und den ganzen Scheiß für eine Weile zu vergessen.

Gegen vier am Nachmittag kündigt die kleine Glocke an der Tür einen neuen Besucher an. Flüchtig hebe ich den Kopf, bevor ich mich auf die Kundin vor meiner Nase konzentrieren muss. *Attraktiv*, denke ich mir.

Dann schießt mein Kopf erneut zur Tür und ich starre den Mann an, der soeben das Café betreten hat.

Er bleibt einen Moment im Eingangsbereich stehen und sieht sich um, was mir verrät, dass er zum ersten Mal hier ist. Mit einer lässigen Handbewegung strubbelt er den Schnee aus seinen schwarzen Haaren, in die sich einige weiße Flocken verirrt haben. Seine Wangen, auf denen ein dunkler Bartschatten liegt, sind durch die Kälte gerötet.

Mehr als attraktiv. Verdammt heiß, schießt es mir durch den Kopf. Nicht nur sein Gesicht ist gutaussehend, sondern auch das, was man unter dem Mantel erahnen kann. Breite Statur, Schwimmerschultern.

Ich kenne ihn.

Mir bleibt kurz die Luft weg, als ich realisiere, wer das ist. *Brooks*. Aber nein. Fuck, nein, das kann nicht sein. Träume ich etwa?

Blinzelnd drehe ich mich weg und nehme die Getränke von hinten entgegen, um sie der Kundin in die Hand zu drücken. Ich verzähle mich fünfmal, als ich ihr das Rückgeld gebe und bin sicher, ihr zu viel rausgegeben zu haben, aber das ist mir gerade egal.

Vorsichtig traue ich mich, den Kopf wieder zu heben und zu dem Neuankömmling zu sehen.

Ein Teil von mir wünscht sich, dass das nur ein zu realer Tagtraum war und er verschwunden ist. Nope, da steht er. Sehr echt und sehr groß. Er hat sich in die kurze Warteschlange gestellt, den Kopf in den Nacken gelegt, um die digitale Anzeigetafel hinter mir zu studieren.

Trocken schlucke ich. Ist das ein verdammter Zufall?

Schwer zu glauben. Er wohnt in New York und hätte mir sicherlich gesagt, wenn er zufällig nach Chicago gekommen wäre. Immerhin weiß er, wo ich wohne.

Und er weiß, wo ich arbeite.

Mir wird heiß und kalt zugleich. Hat er mir vielleicht geschrieben? Mein Handy brennt mir beinahe ein Loch in die Hosentasche, aber ich habe keine Zeit, um nachzusehen. Es macht ohnehin keinen Unterschied mehr. Er ist hier und vermutlich aus dem Grund, mich zu treffen.

Wobei, nein. Nicht mich, sondern den Jamie von den Fotos. Den süßen Kerl mit den braunen Locken und dem Grübchen. *Das* bin eindeutig nicht ich. Er wird mich nicht wiedererkennen, wird den Jungen, für den er gerade achthundert Meilen überwunden hat, nicht sehen.

Ein Knoten zieht sich in meinem Magen zusammen, aber ich versuche krampfhaft, mir nichts anmerken zu lassen.

Noch ein Kunde, bevor Brooks an der Reihe ist. Wenn das tatsächlich sein Name ist. Womöglich hat auch er ein falsches Profilbild verwendet und dieser Typ hier hat keine Ahnung von unseren Unterhaltungen.

Gott, wie verrückt ist das bitte. Noch nie war ich glücklicher darüber, kein Namensschild zu tragen. Das hätte mich vielleicht verraten.

»Bis bald«, verabschiede ich den Typen vor mir und zerknülle seine Quittung, die er hat liegen lassen.

Siedend heiß fällt mir ein, dass Brooks mich an meiner Stimme erkennen könnte. Ab und zu habe ich ihm Sprachnachrichten geschickt, aber nicht so oft, dass er sich daran erinnern würde, oder? Scheiße, ich kann mich jetzt nicht mehr verstecken, er kommt direkt auf mich zu.

Mein Herz explodiert beinahe, als er vor meinem Tresen stehen bleibt und mir in die Augen sieht. »Hey.«

Seine Iriden sind so grün. Stechend und durchdringend und natürlich passen sie perfekt zu seinem rauen, männlichen Gesicht. Gott, was an diesem Mann vor mir schreit bitte nicht *Adonis*? Manche Menschen sind einfach von der Natur gesegnet und er steht eindeutig ganz oben auf der Liste.

In diesem Moment bin ich mir sicher, dass das bestimmt nicht der Brooks ist, mit dem ich seit Monaten Nachrichten austausche. Nein, ein Mann wie er hätte es gar nicht nötig, stundenlang mit einem Typen zu schreiben, den er aus dem Internet kennt.

»Was darfs sein?«, frage ich ohne eine Begrüßung.

»Ein Pfefferminztee bitte. Oder warte, habt ihr auch Earl Gray da? Dann nehme ich lieber den«, bestellt Brooks – oder der Fremde. Keine Ahnung.

Ich schlucke und zwinge mich, freundlich zu lächeln. »Klar. Noch was?«

»Kannst du was von dem Essen empfehlen?«

»Ähm …« Hilfesuchend sehe ich zu der gläsernen Vitrine, in der ein paar süße Gebäckstücke und Wraps zur Auswahl bereitstehen. »Red Velvet Cupcake?«, schlage ich vor, weil mir natürlich in dem Moment in den Sinn kommt, dass Brooks mal erzählt hat, wie sehr er Süßes liebt.

»Hey Jamie, kannst du mir mal kurz helfen?«, ruft Debby von hinten durch das Durchgabefenster. Innerlich zucke ich zusammen.

Scheiße. Damit hätte ich nicht gerechnet.

Mir entgeht ganz und gar nicht, wie Brooks' Miene sich aufhellt, als er den Namen aufschnappt, und mir wird klar, dass es sich *tatsächlich* um meinen Brooks handelt. Er ist hier, um Jamie zu überraschen – aber nicht mich. Den anderen Jamie, den ich in der virtuellen Welt aufgebaut habe. Mir wird schlecht.

Ich ignoriere Debby gekonnt, reagiere nicht einmal annähernd und bete dafür, mich einfach in Luft aufzulösen. Das ist der schlimmste Tag aller Zeiten.

»Okay. Red Velvet Cupcake«, sagt Brooks bedächtig.

Knapp nicke ich und tue etwas Untypisches: Ich verlasse meinen Tresen und laufe nach hinten, um sein Getränk eigenhändig zuzubereiten.

»Moment«, murmele ich Debby zu, die mich schon mit ihrem Problem vollquatschen will. Frustriert schnaubt sie, spricht mich aber nicht mehr an, sondern wartet, bis ich Drink und Cupcake verpackt und übergeben habe.

Meine Hände zittern ein wenig, als ich Brooks Karte entgegennehme und durch das Gerät ziehe. Er sieht mir fest in die Augen, als ich sie ihm zurückgebe.

»Danke.«

»Schönen Tag noch«, murmele ich.

Er hält in seiner Bewegung inne, als er sich bereits abwenden will und lächelt. Ja, verdammt, sein Lächeln sieht genauso heiß aus wie auf den Bildern, die er mir geschickt hat. Wie furchtbar unfair. »Danke, Süßer. Dir auch.«

Kapitel 4: Entführung

Jamie

Es ist eine wahre Meisterleistung, dass ich nach dieser Begegnung keine Panikattacke bekomme und ganz normal weiterarbeite. Ehrlich, ich weiß im Nachhinein nicht mehr, wie ich es hinbekommen habe, die letzten Stunden halbwegs erfolgreich hinter mich zu bringen. Mein Körper arbeitet wie auf Autopilot.

»Wir schreiben, okay?«, verabschiedet Sue sich mit einem aufmunternden Lächeln in meine Richtung. Das sagt sie zwar, aber ich glaube, sie bis zum neuen Jahr nicht mehr wiederzusehen. Warum sollte sie sich auch bei mir melden?

Alles in meiner Brust fühlt sich taub und gleichzeitig schmerzhaft an, als ich in der Umkleide meine Schürze an den Haken hänge und nach meiner Jacke greife. Nachdem ich sie übergestreift habe, ziehe ich mein Handy heraus. Das grüne Symbol von *darkdomfantasies* leuchtet auf. Ich wische es weg, ohne die Nachricht zu lesen, und lösche die App in einer Kurzschlussreaktion.

Ich werde ohnehin nie wieder mit Brooks schreiben können. Er ist hier in Chicago, um mich zu sehen, und ich werde ihn enttäuschen.

Werde ihn ignorieren und ghosten, bis er sich selbst denken kann, dass es den Jamie, mit dem er monatelang Nachrichten ausgetauscht hat, nie gab.

Fuck, ich bin so ein Feigling. Hätte ich von Anfang an nur mein richtiges Foto verwendet … Wobei, wahrscheinlich hätte es keinen Unterschied gemacht. Ich wäre trotzdem nicht bereit, Brooks im realen Leben zu treffen. Niemals.

Mit einem ernüchternden Gefühl im Magen verlasse ich meinen Arbeitsplatz und kehre ihm für dieses Jahr den Rücken zu. Ab heute wird alles nur noch schlimmer, dessen bin ich mir sicher. Zu allem, was in meinem Leben gerade passiert, kann ich mich ab jetzt nicht einmal mehr auf die Konversationen mit Brooks freuen.

Ich kuschele mich in meine Jacke, als ich über den beleuchteten Parkplatz laufe. Clark mag nicht, wenn wir unsere Autos direkt vor dem Laden abstellen, sodass ich meinen Wagen in einer Seitenstraße in der Nähe geparkt habe. Meine Finger fühlen sich bereits jetzt kalt und ein wenig taub an, dabei waren es gerade einmal fünf Minuten Fußmarsch.

Kurz bevor ich mein Auto erreiche, hole ich schon die Schlüssel heraus. Sie rutschen mir aus den Fingern und fallen scheppernd zu Boden.

Seufzend bleibe ich stehen und bücke mich, um sie aufzuheben. Als ich mich wieder aufrichte, spüre ich plötzlich eine Präsenz im Rücken. Jemand ist gerade aus der Seitenstraße zu mir getreten.

»Hallo, kleiner Lügner«, schnurrt diese sexy, tiefe Stimme in mein Ohr. Alles in mir erstarrt augenblicklich. Sogar mein Atem stockt. »Glaubst du, ich erkenne dich nicht wieder, nur weil du ein falsches Profilfoto verwendet hast?«

Meine Lippen öffnen sich, ich will eine Entschuldigung stammeln, irgendeine Erklärung oder vielleicht auch nur um Hilfe rufen – keine Ahnung. Doch ich bringe keinen Ton heraus.

»Keine Sorge«, flüstert Brooks weiter. Er schlingt einen Arm um meine Schultern und drückt mich überraschend an sich. Ich schnappe panisch nach Luft. Mir wird schwindelig. »Deinen Körper würde ich überall wiedererkennen, Frechdachs.«

Brooks entführt mich wirklich. Ohne Scheiß jetzt.

Er hat mich in sein Auto geladen, mir die Augen verbunden und fährt mit mir *keine Ahnung wohin*. So, wie er es in seinen Textnachrichten immer prophezeit hat. Ich bin sowas von am Arsch.

Immerhin habe ich ihm gesagt, dass ich es *lieben* würde, einfach von ihm gepackt und mitgenommen zu werden. Dass ich es lieben würde, von ihm benutzt zu werden, auf jede Weise, die ihm einfällt. Aber die Realität ist verdammt angsteinflößend.

Da ist dieser große, muskulöse Mann – praktisch ein Fremder –, der meint, alles mit mir tun zu können, weil ich ihm die Erlaubnis dafür erteilt habe. *Fuck.* Das hier ist keine schmutzige Fantasie, die damit endet, dass ich mir einen runterhole, das ist real und gefährlich. Was habe ich mir nur dabei gedacht, so intensiven Kontakt mit ihm zu halten? Ich habe ihm sogar verraten, wo ich arbeite und wo ich wohne, verdammt nochmal! Das war idiotisch und ich zahle jetzt den Preis dafür.

»Alles gut da hinten?«

Fragt er mich das gerade ernsthaft? Nun ja, zumindest ein netter Entführer. Macht die Sache ja nur halb so schlimm. Hätte ich keinen Knebel zwischen den Lippen, könnte ich ihm vielleicht sagen, dass er sich ins Knie ficken soll.

Okay, sind wir ehrlich: Das würde ich mich niemals trauen. Aber womöglich würde ich ihn anflehen, mich einfach gehen zu lassen.

Ich kann absolut nicht einschätzen, was er mit mir tun wird. Wird er mich für meine Lügen ... bestrafen?

Mir den Hintern versohlen, wie er es schon oft geschrieben hat? Mein Körper kribbelt bei der Vorstellung, aber rational betrachtet wird es sich bestimmt nicht so gut anfühlen, wie ich mir das gerade ausmale. In der Realität laufen die Dinge anders.

Ich frage mich ernsthaft, wie Brooks mich wiedererkannt hat. Sicher nicht an meinem Körper, wie er gesagt hat, oder? Zugegeben, die Bilder ohne Gesicht waren echt, aber ich glaube nicht, dass ich irgendetwas Besonderes an mir habe, das mich unvergesslich macht.

Womöglich war mein Pokerface, als ich ihn gesehen habe, doch nicht so gut wie gedacht.

»Keine Sorge, wir sind gleich da«, verspricht Brooks.

Nur wenige Minuten später wird der Wagen langsamer, bis wir ganz anhalten und der Motor erstirbt. Hektisch drehe ich den Kopf und blinzele, was unnötig ist, da ich weder etwas sehe noch mich mit den gefesselten Händen sonderlich viel bewegen kann. Ich lausche, wie die Fahrertür zuschlägt, kurz darauf öffnet sich meine Tür und bringt einen Schwall kalter Luft mit sich.

»Achtung, Frechdachs.« Ich rieche sein angenehmes Aftershave, als er sich über mich beugt und mich abschnallt.

Im nächsten Moment hat er mich schon über seine Schulter geworfen, als würde ich nicht mehr wiegen als ein Sack Kartoffeln.

Ich stöhne hinter meinem Knebel und das nicht auf die gute Weise. Meine Arme werden zwischen unseren Körpern eingeklemmt, was wirklich unangenehm ist, und alles Blut schießt mir in den Kopf. Zum Glück trägt er mich nicht lange herum, Schlüssel klirren, eine weitere Tür wird geöffnet und wir tauchen von der eisigen Kälte in mollige Wärme.

»Ich setze dich ab«, warnt Brooks mich vor. Ich spüre, wie ich auf die Füße zurückgestellt werde und taumele unwillkürlich. Wahrscheinlich wäre ich gleich wieder umgekippt, wären da nicht Brooks‘ große Hände, die meine Oberarme umfassen und mir Stabilität geben.

»Okay, ich werde dich befreien, wenn du versprichst, ruhig zu bleiben, verstanden?«

Ich nicke abgehakt, weil mir sonst nichts anderes übrig bleibt.

»Guter Junge.«

Fuck. Diese Worte. Mir wird gleich noch ein bisschen wärmer.

Zuerst spüre ich, wie er die Fesseln um meine Hände entfernt. Langsam und bedächtig, seine Finger streifen dabei immer wieder meinen Handrücken.

Er lässt sich Zeit, während ich vor Ungeduld fast sterbe. Ich muss endlich wissen, wo ich mich befinde, damit ich herausfinden kann, wie ich von hier verschwinden kann.

Brooks greift nach meinen Händen und streicht beinahe liebevoll über meine steifen Handgelenke. Seine Finger gleiten höher, meine Arme entlang.

»Ich kann gar nicht glauben, dich jetzt live und in Farbe vor mir zu haben«, murmelt er.

Ja, ich wünschte, ich könnte dasselbe behaupten. Irgendwie schmeicheln mir seine Worte auch, denn ... er freut sich, dass ich bei ihm bin, oder? Trotz meiner Lügen?

Okay, nein, Konzentration. Es ist zu früh für ein Stockholm-Syndrom. Ich muss mich darauf konzentrieren, von hier zu verschwinden, und zwar so schnell wie möglich.

Als Nächstes entfernt er endlich den Knebel und ich kann meinen Kiefer lockern. Brooks wischt mir mit aller Selbstverständlichkeit mit dem Daumen Speichel vom Kinn. Ist ja gar nicht eklig.

Schlussendlich folgt die Augenbinde. Hektisch blinzele ich gegen die plötzliche Helligkeit und kneife die Lider zusammen, als meine Augen tränen.

»Gehts dir gut?«, fragt Brooks.

So langsam kann ich wieder scharf sehen und sein Anblick verschlägt mir erneut die Sprache. Nein, ich habe es mir vorhin nicht nur eingebildet, er sieht tatsächlich so gut aus. Unverschämt.

»Wo ... sind wir hier?«, traue ich mich zu fragen und sehe mich um. Wow, das sieht schön aus. Wir befinden uns in einer Hütte mit rustikalen Holzwänden, die Einrichtung gleicht aber mehr einem Luxusapartment.

Brooks greift nach dem Reißverschluss meiner Jacke und zieht ihn herunter, was meinen Blick unwillkürlich wieder zu ihm lenkt. »Wir sind in Alpine Valley, warst du schon mal hier?«

»Ein Skiresort?«, frage ich verblüfft. Als könnte ich mir so etwas auch nur annähernd leisten.

»Genau. Wir können uns gleich in der Hütte umsehen, aber zuerst mache ich uns einen Drink«, schlägt er vor. Warum verhält er sich so verdammt lässig? Ich schaffe es immer noch nicht, auch nur einen Muskel in seiner Gegenwart zu bewegen.

Brooks sucht meinen Blick, diese stechend grünen Augen schauen geradewegs in meine Seele. »Alles in Ordnung, Jamie?«

Klar, bis auf die Tatsache, dass ich soeben, hm, *entführt* wurde.

Steif nicke ich, was ihn zum Lächeln bringt.

»Okay, dann glaube ich dir das mal. Willst du etwas mit oder ohne Alkohol?«

»Mit«, bringe ich hervor. Brooks nickt.

»Gut. Zieh doch die Jacke aus und mach es dir gemütlich.«

Einen Scheiß werde ich tun, aber das sage ich ihm natürlich nicht ins Gesicht. Ich warte, bis er mir den Rücken zugewandt hat und durch den Eingangsbereich in einen anderen Raum – vermutlich die Küche – verschwindet, bevor ich auf dem Absatz kehrtmache, die Tür aufreiße und einfach loslaufe.

Bloß weg hier.

Ich fühle mich ziemlich dämlich, als mir bewusst wird, dass Jamie soeben abgehauen ist.

Verdutzt starre ich auf den Fleck, an dem er eben noch stand, zu der Haustür, die sperrangelweit offensteht.

»Jamie?«, rufe ich ihm fragend hinterher. Kurz glaube ich, dass er nur etwas aus dem Auto holen will, aber das wäre dämlich in Anbetracht der Tatsache, dass ich ihn ... nun ja, entführt habe, bevor er irgendetwas für unseren Trip einpacken konnte.

Noch mit den Bechern in der Hand laufe ich zur Türschwelle und blicke hinaus in das Schneetreiben. Durch die Außenbeleuchtung kann ich ein paar Meter weit gucken, doch von ihm ist keine Spur mehr zu sehen.

Der Kleine wird sich dort draußen den Tod holen. Zumindest hätte er so schlau sein können, sich die Autoschlüssel zu schnappen, die ich auf die Kommode gelegt habe.

Grummelnd greife ich nach meiner Jacke und schlüpfe zurück in meine Schuhe, bevor ich zum Auto stapfe und von dort das Gepäck hole. In diesem Zuge sehe ich mich noch einmal um, aber keine Spur von Jamie.

In der Ferne kann man die Lichter der anderen Hütten erkennen, doch sie sind ein ganzes Stück entfernt. Ob er sich dorthin flüchtet?

Ich muss ihn unbedingt finden. Es ist nicht nur stockdunkel, sondern auch arschkalt. Jamie ist da draußen nicht gut aufgehoben.

Zuerst bringe ich mein Gepäck ins Innere und öffne den Koffer, um Mütze und Handschuhe herauszuholen. Für mich und Jamie. Gott, er wird noch etwas von mir zu hören kriegen. Sich in so eine gefährliche Situation zu begeben ist alles andere als lustig.

Gerade als ich mein Handy checke in der Hoffnung, dass er mir zumindest eine Nachricht geschrieben hat, kriege ich einen Anruf von Marie.

»Ganz schlechter Zeitpunkt«, gehe ich ran. »Oder ist es ein Notfall?«

»Kein Notfall«, versichert sie mir schnell. »Ich wollte nur wissen, wie es läuft? Seid ihr schon oben in den Bergen?«

»Sind wir«, bestätige ich knapp und knete genervt die Mütze in der freien Hand. »Es ist nur nicht ganz so nach Plan verlaufen, schätze ich.«

»Oh Gott, er hat hoffentlich kein falsches Profilbild verwendet, oder?«

»Doch, aber das fand ich gar nicht schlimm.«

In den letzten Monaten ist es mir schwergefallen, Jamies Profilbild mit seinem Körper und seiner Stimme zu verknüpfen. Es hat einfach nicht so richtig zusammengepasst und jetzt weiß ich auch, warum. Weil es eben nicht sein Gesicht war. Schon als ich das Café betreten habe, war mir sofort klar, dass es sich um *meinen* Jamie handelt.

»Er ist süß und attraktiv, das ist nicht das Problem. Keine Ahnung, warum er falsche Bilder verwendet hat.« Womöglich zum Schutz seiner Privatsphäre, andererseits hat er mir ziemlich früh Adresse, Arbeitsplatz und Kontodaten verraten, also ergibt das nicht sonderlich viel Sinn. »Ich habe ihn in die Hütte verschleppt, wie es geplant war ... und er ist einfach abgehauen, als ich ihm den Rücken zugekehrt habe.«

Am anderen Ende der Leitung wird es schlagartig still. Dann dringt Gabes Stimme durch den Hörer, da Marie offenbar auf Lautsprecher gestellt hat. »Kumpel, jetzt mal langsam. Wenn du *verschleppt* sagst, ist das nur eine Metapher, oder? Du hast ihn nicht ernsthaft, also, uhm, entführt?«

»Doch, ich meine, wir haben darüber gesprochen.«

»Weißt du, dass du dich damit strafbar gemacht hast?«

Schuldbewusst beiße ich die Zähne zusammen. »Er weiß, dass ich ihn nicht wirklich ... oh, scheiße.« Gerade male ich mir aus, wie das auf ihn wirkt. Was auch immer sein Grund war – er hat ein fremdes Bild verwendet und wahrscheinlich gar nicht damit gerechnet, dass ich ihn finde. Vielleicht waren unsere letzten Nachrichten für ihn nur hypothetisch, wie so vieles in den vergangenen Monaten, während ich konkrete Pläne geschmiedet habe.

»Ich muss auflegen und ihn suchen«, verabschiede ich mich von meinen Freunden.

»Versuch, nicht so bedrohlich zu wirken«, rät Marie mir noch, bevor ich sie wegdrücken kann. Was sollte das denn für ein Hinweis sein? Ich bin überhaupt nicht *bedrohlich*.

Aber, nun, das weiß Jamie nicht, oder? Gott, je länger ich darüber nachdenke, desto schlimmer wird es. Eilig öffne ich *darkdomfantasies* und klicke auf das Chatsymbol. Ich kann erkennen, dass Jamie meine letzte Nachricht schon nicht geöffnet hat.

Brooks
Wo bist du hin?! Sorry, du hast wahrscheinlich ein komplett falsches Bild von dem, was gerade passiert ist. Schreib mir bitte, ja?

Ich kann mich nicht darauf verlassen, dass er meine Nachricht liest, weshalb ich Handschuhe und Mütze überstreife und loslaufe. Zum Glück habe ich noch eine Taschenlampe eingepackt, die kann ich gerade gut gebrauchen.

Wenn ich ein verängstigter Junge wäre, der glaubt, von einem unhöflichen Hinterwäldler aus New York entführt worden zu sein ... wo wäre ich dann hin?

Vermutlich ist er aus Reflex den Berg nicht hoch, sondern runter gelaufen. In Richtung der nächstgelegenen Hütte? Ja, das ergibt Sinn. Dort fange ich mit der Suche an.

Schon nach den ersten Minuten merke ich, wie die Kälte unter meine Klamotten kriecht und sich auf meiner Haut festsetzt. Es gibt zwar einen gepflasterten Weg, aber auch der ist voller Schnee und ziemlich rutschig. Leider kann ich keine Fußabdrücke ausmachen, da es erstens zu dunkel dafür ist und zweitens der Neuschnee schon wieder alles überdeckt hat. Verdammt, ich habe zu viel Zeit damit verschwendet, mit Marie und Gabe zu telefonieren.

Als ich endlich an der nächsten Hütte ankomme, kommt es mir vor, als sei ich Stunden gelaufen. Zu meiner Überraschung hockt ein älterer Mann in einem Schaukelstuhl auf der Veranda, eine dicke Wolldecke um die Knie geschlungen.

Eine kleine Gaslampe beleuchtet sein Gesicht und die dampfende Tasse in seinen Händen.

»Na, sieh mal an, heute haben wir aber viele Besucher«, sagt er scherzhaft.

Ich bleibe stehen und reibe mir die behandschuhten Hände aneinander. »Ist hier gerade ein junger Mann vorbeigekommen? Mit einer grünen Jacke?«

»Jawohl. Er wollte wissen, wie man hier wegkommt. Hab ihm gesagt, dass es eine Bushaltestelle nördlich von hier gibt, aber ich nicht weiß, ob die Busse noch fahren. Er wollte es versuchen.«

Okay, das gibt mir zumindest Aufschluss darüber, wo Jamie sich befindet und dass ich auf dem richtigen Weg bin.

»Danke. Ich bin übrigens Brooks. Wir bewohnen die Hütte da oben«, erkläre ich und deute mit dem Daumen hinter mich.

»Ah, die Luxusbude. Nett. Wurde letztes Jahr erst frisch renoviert.«

»Ja, ist schön oben.« Genug Smalltalk, ich habe immerhin eine Mission. Eilig verabschiede ich mich, nachdem ich mich vergewissert habe, in welche Richtung Jamie genau gegangen ist.

Es dauert weitere gefühlte Stunden – faktisch dreißig bis vierzig Minuten – bis der nächste Hoffnungsschimmer auftaucht.

Ich sehe die Bushaltestelle, von der der Mann gesprochen hat. An dem Plexiglas lehnt eine Person mit einer grünen Jacke.

Mit klopfendem Herzen beschleunige ich meinen Schritt, umrunde die Haltestelle und sehe hinein. Als Jamies Augen sich angsterfüllt weiten, begreife ich, dass Marie und Gabe recht hatten. Ich bin ein absoluter Idiot.

Entwaffnend hebe ich die Hände, um ihm zu signalisieren, dass ich keine Gefahr darstelle. »Hey, ich kann mir vorstellen, was du denkst, aber ich verspreche, dass ich dir nichts tun werde, okay? Die Sache ist anders gelaufen als geplant und das ist meine Schuld. Es tut mir leid, wenn ich dir Angst gemacht habe.«

Immer noch starrt er mich an. Das Graublau seiner Augen ist ganz trüb, was mir ein wenig Sorgen bereitet.

»Du kannst natürlich gehen, wenn du willst, aber ich befürchte, heute wird kein Bus mehr fahren. Ich schlage vor, dass du mit zurück in die Hütte kommst und wir dort alles besprechen. Ich bringe dich dann morgen nach Hause, wenn du möchtest.«

Jamie schließt die Lider und lehnt den Kopf erschöpft gegen das Plexiglas. »Mir ist kalt«, murmelt er.

Mein Herz zieht sich zusammen.

Natürlich. Wie lange sitzt er schon hier mit dieser viel zu dünnen Jacke?

»Ich weiß, Süßer«, murmele ich und trete näher. »Komm, ich helfe dir.«

Zuerst ziehe ich ihm meine Mütze auf, da sie schon etwas vorgewärmt ist. Dann knie ich mich vor ihn und helfe, die Handschuhe über seine eiskalten Finger zu streifen.

Ich will ihn fragen, ob er laufen kann, verwerfe das aber wieder. Das werden wir nicht herausfinden, da ich kurzerhand beschließe, ihn zu tragen. Ich öffne dafür meine Jacke, damit er sich an meine warme Brust lehnen kann. Jamie schlingt ohne Protest Arme und Beine um mich und vergräbt das Gesicht an meinem Hals. Sein kalter Atem jagt mir eine Gänsehaut über den Körper.

Überraschenderweise ist der Rückweg viel leichter als gedacht, trotz Steigung und zusätzlichem Gewicht. Jetzt weiß ich zumindest, dass Jamie in Sicherheit ist und ich ihn gleich richtig aufwärmen kann.

Und dann ... dann können wir das dringend benötigte Gespräch führen.

Ich habe mir oft vorgestellt, wie ich Jamie entkleide.

Langsam und sinnlich.

Das, was ich jetzt tue, hat rein gar nichts mit meiner Fantasie zu tun. Ich weiß, dass wir beide die nassen, kalten Klamotten schnellstmöglich loswerden müssen, andererseits möchte ich ihn nicht noch mehr aus der Fassung bringen, indem ich ihm die Kleidung vom Leib reiße.

Bedächtig entferne ich zuerst die Jacke, dann den durchnässten Pullover und die Jeans, wobei ich ihm durchgehend ins Gesicht sehe, um seine Regung zu erforschen. Die Unterwäsche ist halbwegs trocken, weshalb ich sie anlasse und ihn anschließend in eine warme Wolldecke wickele.

»Bleib hier, okay?«, weise ich ihn an. Etwas verstört sieht er zu mir auf, als wolle er signalisieren, dass er sich kaum bewegen, geschweige denn abhauen kann. Trotzdem möchte ich eine Sache klarstellen: »Wenn du wegwillst, fahre ich dich morgen früh persönlich heim, aber du kannst dich nicht mitten in der Nacht auf eigene Faust durchs Schneegestöber machen.«

Er bewegt den Kopf ein wenig, was ich optimistisch als Nicken interpretiere, weshalb ich beschließe, dass es sicher ist, ihn allein zu lassen. Ich werde meine Klamotten im Schlafzimmer nebenan los und ziehe mir frische an, bevor ich heißen Tee für uns zubereite und mich zu ihm ins Wohnzimmer setze.

»Kannst du mit mir reden, Jamie?«, frage ich verzweifelt, weil die Stille von seiner Seite mich langsam wahnsinnig macht. Wir haben keine fünf Worte miteinander gewechselt. Das ist ungewohnt, wo wir uns im Chat doch ständig gegenseitig den Ball zugespielt haben.

»Tut mir leid«, kommt es leise und unsicher zurück.

Ich drehe mich so, dass ich einen Arm auf der Sofalehne abstützen und ihn direkt ansehen kann.

»Da ist wohl etwas schiefgelaufen«, gebe ich zu. »Das ist meine Schuld. Jamie ... du hast doch nicht wirklich geglaubt, dass ich irgendein Irrer bin, der dich entführt und nicht mehr gehen lässt, oder?«

Er zuckt bei meinen Worten zusammen und zieht die Decke bis unters Kinn, ohne meinen Blick zu erwidern. Seufzend wende ich mich von ihm ab. Offenbar hatte er echte Todesangst, wenn er lieber raus in die eisige Kälte geflüchtet ist, statt ein Gespräch mit mir zu führen.

»Mir tut es leid«, sage ich. »Ich dachte, das wäre das Spiel zwischen uns. Wir hatten immerhin darüber gesprochen.«

Eine ganze Weile ist da nur Stille.

»Es ist nicht deine Schuld«, kommt es schließlich kleinlaut von ihm. Neugierig horche ich auf und drehe mich wieder zu ihm. Er räuspert sich. »Ich dachte nicht, dass du mich ...«

»Dich erkenne?«, beende ich seinen Satz für ihn, als er ihn einfach offen stehen lässt. Eine hinreißende Röte breitet sich auf seinen Wangen aus, als er nickt. Zumindest deutet das darauf hin, dass ihm allmählich wieder warm wird.

»Trink deinen Tee, er wird dich aufwärmen«, bitte ich ihn mit einem Nicken zu der Tasse, die er krampfhaft umklammert hält. Nachdenklich fahre ich mir mit einer Hand durch mein Haar. Die Spitzen fühlen sich immer noch kalt an. »Natürlich habe ich dich erkannt, Süßer. Spätestens an deiner Stimme.«

»Das war ziemlich dämlich«, murmelt er in seine Tasse und senkt wie so oft in den letzten Minuten den Blick.

»Wieso hast du ein falsches Profilbild verwendet?«, stelle ich ihm endlich die alles entscheidende Frage.

Jamie antwortet nicht, er kaut auf seiner Unterlippe herum.

»Ich verstehe, dass man für den Anfang ein Fake-Bild benutzt – immerhin will man seinem Chef nicht bei *darkdomfantasies* begegnen – aber danach? Wir haben so lange miteinander geschrieben.«

»Irgendwann war es zu spät, okay? Und ich dachte nicht, dass wir uns jemals persönlich treffen.« Er nippt an seinem Tee, schluckt und hebt zögerlich den Blick. »Außerdem habe ich vermutet, deine Bilder seien ebenfalls fake.«

Ein träges Lächeln zupft an meinen Mundwinkeln, aber das erstirbt wieder. »War das ein Scam, Jamie? Alles nur Lügen, die dich ein bisschen unterhalten haben?«

»Das ...« Er schließt ergeben die Augen. »Nein. So war das nicht. Fuck, Brooks, ich meine ...«

»Hör auf zu fluchen«, befehle ich aus Reflex, da ich das Wort hasse.

Überrascht blinzelt er mich wieder an. »Wieso bist du bei *darkdomfantasies* und hast du monatelang mit mir geschrieben, obwohl uns fast tausend Meilen voneinander trennen? Ich jedenfalls habe es getan, weil ich im Chat jemand anderes sein konnte. Nun, nicht anders, aber ... besser. Scheiße, das ist doch ... Fuck, tut mir leid.«

Ich verkneife es mir, ihn erneut auf das Fluchen hinzuweisen.

»Ich habe dir stets die Wahrheit gesagt«, erwidere ich ruhig. »Wir hatten von Anfang an eine gewisse Chemie, ich mochte dich und deine Nachrichten waren bald das Highlight meines Tages. Vielleicht wollte ich dich ebenfalls nicht treffen, aber aus anderen Gründen als du. Meine Arbeit nimmt mich zu sehr ein, um echte persönliche Kontakte zu knüpfen und zu pflegen.«

»Was hat deine Meinung geändert?«, fragt Jamie flüsternd.

Ich lache schnaubend. »Meine Chefin hat mich in einen dreiwöchigen Zwangsurlaub geschickt, irgendeine Firmenrichtlinie. Und weil ich außer meiner Arbeit nicht viel zu tun habe ...«

»Dachtest du, das wäre die perfekte Gelegenheit, deinen Brieffreund zu besuchen?«, beendet Jamie meinen Satz mit einem ironischen Unterton.

Ich zucke mit einer Schulter. »Eigentlich war es die grandiose Idee meiner besten Freundin. Geben wir ihr die Schuld daran.«

Zu meiner Freude schmunzelt Jamie darüber. Zumindest eine positive Regung am heutigen Abend. »War es auch ihre Idee, mich von einem dunklen Parkplatz zu entführen und in eine Hütte zu sperren?«

»Wenn ich Ja sage, zeigst du mich dann nicht an? Ich gebe dir Maries Name und Kontaktdaten, damit du sie verklagen kannst.«

Sein Schmunzeln vertieft sich und wird zu einem echten Lächeln. »Du bist wie in den Chats«, murmelt er und sieht in seinen Becher. Sein Lächeln verblasst. »Tut mir leid, dass es nicht so lief wie geplant.«

Für uns beide nicht, schätze ich. Schweigen erfüllt das Wohnzimmer, ich drehe mich wieder in Richtung Kamin und nippe an meinem inzwischen lauwarmen Tee.

»Ist dir warm genug?«, frage ich irgendwann.

»Denke schon.« Er runzelt die Stirn. »Wo sind eigentlich meine Klamotten? Ich war vorhin etwas weggetreten.«

»Warte.« Ich springe auf die Beine und laufe zu den Reisetaschen. Von den Sachen, die ich für Jamie mitgenommen habe, hole ich einen Pullover und eine lockere Jogginghose. Beides bringe ich ihm. »Probier das mal an.«

»Danke.«

Zögerlich betrachtet er die Kleidung und sieht dann unsicher zu mir auf. Die Decke ist ein Stück nach unten gerutscht und offenbart seine nackten Schultern und sein Schlüsselbein. Meine Finger zucken von dem Verlangen, ihn zu berühren, aber das ist ein ganz schlechter Zeitpunkt.

»Du kannst dich auch im Schlafzimmer umziehen«, schlage ich vor, als er sich immer noch nicht rührt. Möglichst beiläufig schlendere ich um ihn herum und hocke mich wieder auf den Platz neben ihn.

Jamie zögert, schiebt dann aber die Decke weg und zieht erst den Pullover an, bevor er sich erhebt und auch die Hose überstreift.

»Das passt ja«, sagt er überrascht und wirft mir einen skeptischen Blick zu. »Das sind nicht deine Klamotten, oder?«

»Nein, die habe ich für dich besorgt.«

Er erstarrt in seiner Bewegung. »Wirklich?«

»Natürlich. Ich würde dich doch nicht hierhin schleifen und dich den ganzen Tag nackt herumlaufen lassen.« Ich schmunzele, als mir die Bedeutung der Worte bewusst wird. »Wobei die Idee mir gefällt.«

Jamie setzt sich wieder auf die Couch und zieht die Decke über den Schoß. Er kommentiert das nicht weiter, den Blick auf die Hände gerichtet. Ich beiße mir auf die Wange und rutsche unauffällig ein Stück näher.

»War alles, was du mir im Chat geschrieben hast, nur eine weit entfernte Fantasie?«, hake ich nach. »Oder etwas, das du wirklich in Erwägung ziehst?«

Ich merke geradezu, wie er sich versteift.

Langsam hebt er den Kopf und mustert mich. Unsicherheit steht in seinem Blick. »Wieso hast du mich überhaupt mitgenommen, Brooks?«

Überrascht darüber hebe ich eine Augenbraue. »Das Gespräch hatten wir gerade schon. Geht es deinem Kopf gut, Süßer? Hast du vielleicht doch eine Unterkühlung?«

Er verdreht die Augen. »Ja, schon klar. Aber du hast verstanden, dass ich ein falsches Profilbild verwendet habe. Ich bin nicht der Jamie, mit dem du geschrieben hast.«

Ich runzele die Stirn. »Wer sagt das? Es waren ein paar gefakte Bilder, die nicht dein Gesicht gezeigt haben. Darüber bin ich hinweg. Ich will dich trotzdem, Jamie, wenn es deswegen irgendwelche Zweifel gibt.«

Als er weiterhin auf seiner Unterlippe kaut, werde ich noch direkter: »Die Hütte ist für die nächsten zwei Wochen gebucht und ich werde definitiv hierbleiben. Natürlich werde ich dich nicht zwingen, aber ich würde mich freuen, wenn du mir Gesellschaft leistest.«

»Wirklich?« Er klingt immer noch zweifelnd, als könnte er es nicht glauben, dass ich ihn will. Woher kommen nur diese Selbstzweifel? Wenn er sich dafür entscheidet, bei mir zu bleiben, werde ich daran zuerst arbeiten. Sobald ich mit ihm fertig bin, wird er selbst sehen, wie heiß und einzigartig er ist.

»Wirklich«, bekräftige ich. »Du musst dich zu nichts verpflichten. Wenn es dir nicht gefällt, dann fahre ich dich jederzeit wieder nach Hause.«

Seine Miene verdüstert sich ein wenig. Er scheint gedanklich ein paar Sachen abzuwägen, bis er langsam nickt.

»Okay«, stimmt er zu.

Das ist zumindest ein Anfang.

Kapitel 7: erste Annäherung
Jamie

Es ist deutlich angenehmer, mit Brooks diese Hütte zu bewohnen, statt allein in meine kalte Wohnung zurückzukehren. Auf der Kontra-Seite steht, dass mir das Geld vom Weihnachtsbaumverkauf durch die Lappen geht, aber mal ehrlich, ich habe diesen Job schon gehasst, bevor ich ihn überhaupt angetreten habe. Außerdem ist es rechnerisch klüger, mir die zusätzlichen Stromkosten für die Heizlüfter für die nächsten zwei Wochen zu sparen, selbst wenn ich das Geld für diesen Job nicht erhalte.

Zumindest rede ich mir gerne ein, dass das der einzige Grund ist, warum ich Brooks' Angebot angenommen habe. Dass er wahnsinnig heiß und praktisch die Verkörperung all meiner feuchten Träume ist … nun, das spielte sicher auch in meine Entscheidungsfindung mit ein.

»Freust du dich auf Weihnachten?«

Besagter feuchter Traum fläzt sich gerade zu mir auf die Couch und drückt mir einen Becher mit heißem Tee in die Hand. Er riecht nach Zimt und Orange.

Offenbar hat er immer noch Angst, dass ich unterkühlt bin, da es an diesem Abend schon die vierte Tasse ist, die er mir ungefragt zubereitet.

Inzwischen habe ich mich aufgewärmt. Die warme Mahlzeit, die ich soeben verdrückt habe, hat auch dabei geholfen, wieder zu Kräften zu kommen. Brooks hat nur zwanzig Minuten in der Küche und ein paar wenige Zutaten gebraucht, um eine wahre Geschmacksexplosion zu erzeugen. Ich wünschte, ich hätte ein Händchen beim Kochen. Meistens ernähre ich mich von zwei Tage altem Gebäck, das ich vom Café mitnehmen darf.

»Nicht so richtig«, gestehe ich. »Meine Familie ... wir feiern nicht mehr.«

»Aus welchen Gründen?«, hakt Brooks nach. Damit hätte ich rechnen müssen, die Frage ist mir dennoch unangenehm.

»Mein Bruder wohnt mit seiner Frau in Texas und meine Eltern ... wir treffen uns nicht mehr oft, auch nicht zu Feiertagen.«

Damit gibt er sich fürs Erste zufrieden und nickt bedächtig. »Ich fahre ebenfalls nicht zu meiner Familie. Ich bin der letzte Single in meiner Freundesgruppe, daher wechseln sich meine Freunde jährlich ab, mit wem ich feiern darf.«

Die Vorstellung ist irgendwie süß, dass Brooks wie ein Welpe zwischen den Familien hin und her gereicht wird.

»Hast du viele Freunde?«, will ich wissen, um das Thema bei ihm zu belassen.

»Nein, ich bin kein Mensch, der schnell enge Kontakte knüpft. Mit Gabe und Trevor bin ich seit dem College befreundet. Irgendwann kam Marie dazu und sie hat sich in Gabe verliebt. Marie wiederum hat ihren besten Freund Ramon mitgebracht und schon bald waren Trev und er ein Paar. Sie sind inzwischen alle verheiratet und ich bin der Letzte, der übrig geblieben ist.«

Nachdenklich neige ich den Kopf. »Fühlt es sich für dich so an? Als wärst du übriggeblieben?«

»Trink deinen Tee«, befiehlt Brooks, bevor er leise seufzt. »Manchmal, ja. Aber dann fällt mir wieder ein, dass ich in eine Beziehung Zeit investieren müsste, die ich lieber in meine Arbeit stecke.«

»Oder in versaute Chats bei *darkdomfantasies*«, füge ich scherzhaft hinzu.

Als Brooks daraufhin lacht, flattert etwas in meinem Magen auf. »Oder das, ja. Eindeutig wichtiger als echte, zwischenmenschliche Beziehungen.«

Wenn ich ihn nicht anschaue und nur seiner tiefen, angenehmen Stimme lausche, dann ist es fast so, als wären wir wieder im Chat. Nur wenn ich den Kopf drehe und ihn ansehe, verschlägt es mir jedes Mal kurz die Sprache. Er sieht einfach viel zu gut aus. Ich wusste nicht einmal, dass solche Menschen tatsächlich im realen Leben existieren. Sie kommen eben nicht aus Chicago, sondern offenbar aus New York.

»Danke für den Tee«, sage ich bedächtig, nachdem es still zwischen uns wird und ich den letzten Schluck aus meinem Becher nehme.

»Wie fühlst du dich?«, will Brooks wissen. »Ist noch irgendetwas kalt?«

»Nein, alles mollig warm.«

»Perfekt.« Er will sich erheben, zögert dann aber. »Ich war etwas optimistisch, als ich diese Hütte gebucht habe, weswegen ich mich für ein Schlafzimmer entschieden habe.«

»Oh«, entfährt es mir sehr klug. Ich beiße mir sogleich auf die Unterlippe und warte ab, was er noch dazu sagt. Will er überhaupt mit mir in einem Bett schlafen? Mir fällt es schwer, zu glauben, dass er über mein Fake-Profilbild so schnell hinweggekommen ist. Er muss sich doch auf jemand ganz anderen eingestellt haben.

»Hast du ein Problem damit, dass wir uns das Bett teilen?«, fragt Brooks.

»Ich nicht«, gebe ich zu. »Aber die Couch wäre auch okay. Wie du willst.«

»*Ich* will, dass du mit mir im Bett schläfst«, stellt er selbstsicher klar und sucht meinen Blick. Eine Furche bildet sich auf seiner Stirn. Selbst das sieht bei ihm sexy aus. »Die Frage war, was *du* möchtest.«

Mein Blick flackert an ihm vorbei durch die Hütte. Bei anderen Menschen ist es mir bisher nicht aufgefallen, wie schwer es mir fällt, ihnen in die Augen zu sehen. Bei Brooks ist alles irgendwie zehnmal intensiver. »Das Bett«, entscheide ich. »Mit dir zusammen.«

»Gut«, befindet Brooks bedächtig. Er erhebt sich und beugt sich zu mir, um mir die Tasse aus der Hand zu nehmen. »Dann mach es dir bequem. In der blauen Reisetasche sind deine Klamotten, wenn du dich zum Schlafen umziehen willst.«

»Danke«, murmele ich.

Er hat auch wirklich an alles gedacht. Mein Magen wird angenehm warm bei dem Gedanken.

Das Schlafzimmer ist in demselben modernen Stil gehalten wie der Rest der Hütte. Es ist überraschend geräumig mit einem eigenen Ankleidezimmer, einem Schreibtisch aus dunklem Holz und einem grandiosen Ausblick auf die schneebedeckten Berge.

Hier kann man definitiv ein paar gemütliche Stunden verbringen.

Der Raum hat eine angenehme Temperatur, dennoch entscheide ich mich dafür, eine Pyjamahose und ein T-Shirt zum Schlafen anzuziehen. In der blauen Tasche finde ich zum Glück auch eine Zahnbürste und im Bad stehen Duschgel und Shampoo bereit, sodass ich mich vor dem Schlafengehen noch frisch machen kann.

Als ich zurück ins Schlafzimmer komme, hat Brooks es sich schon auf der linken Bettseite bequem gemacht, den Rücken gegen das Bettteil gelehnt, den Blick auf sein Handy gerichtet.

»Ich lasse meine Freunde wissen, dass du mich nicht angezeigt hast«, verrät er mir, ohne aufzusehen, als ich zögerlich nähertrete.

»Noch nicht«, scherze ich und zupfe an der Decke, um darunter zu schlüpfen.

Eigentlich ist das Bett groß genug, es kommt mir jedoch kleiner vor, wenn ich mir vorstelle, mit Brooks darin zu schlafen. Mein ganzer Körper kribbelt bei dem Gedanken. Gott, das passiert gerade wirklich, ich träume nicht. Das ist real.

Brooks schmunzelt, lässt das Handy sinken und dreht den Kopf zu mir. »Gabe ist Anwalt, er wird mich hoffentlich da rauskriegen.«

»Wir werden sehen.« Ich rutsche tiefer aufs Kissen und ziehe die Decke höher.

»Müde?«, fragt er und lässt den Blick über mein Gesicht schweifen.

»Ja. War ein langer Tag.«

»Und aufregend.«

Zustimmend nicke ich, will die Augen schließen und mich wegdrehen, aber Brooks betrachtet mich immer noch so intensiv, als würde er auf etwas warten. »Was ist dein Abendritual?«, hakt er nach.

Ich öffne den Mund und will ihm sagen, dass ich keins habe, bis mir etwas einfällt. Ich spüre geradezu, wie ich rot werde. »Dir zu schreiben«, gestehe ich. Meistens etwas Schmutziges. Wie sehr ich seinen Schwanz reiten, ihn schmecken, seinen Saft schlucken will. Manchmal auch nur, dass ich ihn vermisse und mir wünschen würde, er läge bei mir im Bett.

»Dann tu es doch«, fordert Brooks mich auf.

»Das kann ich nicht«, gestehe ich. »Ich habe die App gelöscht.«

»Tatsächlich.« Er klingt nicht wirklich überrascht deswegen. »Wenn es nur irgendeine andere Möglichkeit gäbe, mit mir zu kommunizieren.«

Ich rolle mit den Augen bei seinem Sarkasmus.

Unmöglich kann ich irgendetwas davon laut aussprechen, vor allem nicht, wenn er mir dabei gegenüber liegt. Dieser Jamie aus den Chats bin ich definitiv nicht. Er trägt ein anderes Gesicht als ich.

Brooks hebt eine Augenbraue. »Bitte? Das ist auch mein liebstes Abendritual. Sonst kann ich nicht einschlafen.«

Was eben noch unmöglich erschien, gerät bei seinen Worten ins Wanken. Unschlüssig kaue ich auf meiner Unterlippe, bis ich mir einen Ruck gebe und mich aufrichte. Ich ziehe die erste Schublade des Nachttisches auf, in der ein kleiner Notizblock mit einem Bleistift bereitliegt. Beides trägt das hübsche Logo der Ferienunterkunft, neben das ich jetzt ein paar Worte kritzele.

Schließlich falte ich den Zettel einmal in der Mitte und überreiche ihn Brooks. »Gute Nacht.«

Sein warmes, freudiges Lächeln geht mir durch und durch. Bedächtig nimmt er den Zettel entgegen, als wäre er etwas Kostbares. »Gute Nacht, Jamie.«

Jamie

Danke, dass du mich entführt hast. Ich denke ständig daran, was passiert wäre, hättest du es zu Ende gebracht.

Jamies Nachricht lässt mich auch am nächsten Morgen noch wie einen Trottel grinsen. Ich habe nicht damit gerechnet, dass er es auf einen Zettel schreibt, sondern habe gedacht, dass er entweder Mut aufbringen und es mir ins Gesicht sagen oder sich wegdrehen und mich in der Luft hängen lassen würde.

Jamie hat irgendwie einen Mittelweg gewählt.

»Morgen«, grüße ich übermütig, als er verschlafen in die Küche tapst. »Hast du gut geschlafen?«

Er antwortet mit einem Brummen und läuft an mir vorbei zur Kaffeemaschine, die ich bisher nicht in Augenschein genommen habe. Ich trinke lieber einen heißen Tee, statt meinen Tag direkt mit Koffein zu beginnen.

»Was Interessantes geträumt?«, hake ich nach und drehe mich zu ihm herum. Entspannt lehne ich mich gegen die Küchenzeile, nippe an meiner Tasse und beobachte ihn dabei, wie er die Maschine kurz studiert und dann ein paar Knöpfe drückt.

»Kann mich nicht mehr daran erinnern«, antwortet er murmelnd.

»Dann erzähle ich dir von meinem Traum.« Erneut betrachte ich sein Profil und lasse den Blick über seine Statur schweifen. Ist es nicht merkwürdig, wie natürlich es sich anfühlt, ihn anzusehen und als *meinen* Jamie zu identifizieren? Ich kann mich nicht einmal mehr genau daran erinnern, wie das falsche Profilbild aussah, das ich so lange mit ihm verknüpft habe.

»Ich fürchte, davon kann ich dich nicht abhalten«, meint Jamie und nimmt die Tasse aus der Maschine, um einen Schluck zu nehmen. Ich verziehe ein wenig das Gesicht. Für mich ist Kaffee in allen Variationen ungenießbar, aber ihn schwarz zu trinken ist eine Zumutung.

»Nein«, gebe ich zu. »Wir waren am Strand und ...«

»Ich war auch in deinem Traum?«, unterbricht er mich überrascht.

So gut wie jede Nacht in den letzten vier Monaten. »Du hast sogar eine tragende Rolle gespielt.«

Nervös lacht er, lehnt sich nun ebenfalls mit dem Hintern gegen die Küchenanrichte und neigt neugierig den Kopf. »Und was haben wir am Strand gemacht?«

Ah, sieh mal an. Er hat nur ein paar Schlucke Kaffee gebraucht, um in Stimmung zu kommen. Das merke ich mir für die nächsten Tage. »Die Sonne ist gerade untergegangen und du, ein mittelloser Landstreicher, hat dringend eine Unterkunft für die Nacht gesucht. Zum Glück sind wir uns spontan in die Arme gelaufen und ich habe dir großzügig einen Schlafplatz angeboten. Und *mehr*.«

Jamie lacht wieder. »Du träumst in Rollenspielen?«

»Vielleicht war es auch mehr ein Tagtraum«, gestehe ich.

Er schnaubt und senkt den Blick. »Das habe ich oft gemacht«, murmelt er. »Von dir geträumt, meine ich.«

»Und hier bin ich.« Bedächtig stelle ich meinen Tee hinter mir auf die Arbeitsplatte und mache einen Schritt auf Jamie zu. Er hebt das Kinn und seine Augen weiten sich überrascht. Wenn mich nicht alles täuscht, flackert kurz Panik in ihnen auf. Es verunsichert mich, dass allein meine Anwesenheit ihn offenbar dazu veranlasst. Mache ich ihm Angst oder ist er nur nervös?

»Möchtest du, dass ich dich nach Hause fahre?«, frage ich geradeheraus.

Langsam schüttelt er den Kopf.

»Wieso nicht?«

»Ehrlich gesagt …« Jamie schluckt. Er hält immer noch krampfhaft die Kaffeetasse umklammert. »Hier bei dir zu bleiben ist besser, als zurück in meine kalte Wohnung zu kehren.«

»Kalte Wohnung?« Irritiert runzele ich die Stirn. »Funktioniert deine Heizung nicht?«

»Nicht so richtig.«

»Wie lange geht das schon so?« Ich weiß, dass das absolut nicht meine Baustelle ist. Es fällt mir nur schwer, zu begreifen, dass *mein Jamie* womöglich über Tage oder Wochen hinweg in seiner eigenen Wohnung gefroren hat, ohne mir etwas davon zu sagen. Andererseits waren unsere Gespräche in den Chats nie auf ernste Themen fixiert.

Jamie antwortet mir darauf ohnehin nicht, er meidet Blickkontakt und ist sehr damit beschäftigt, seinen Kaffee zu trinken.

»Ist das der einzige Grund?«, hake ich deshalb nach. Auf das andere können wir später nochmal zurückkommen. »Wenn das so ist, können wir entspannte Tage in der Hütte verbringen, Ski fahren und den Schnee genießen. Als Freunde.«

»Oder?«, fragt Jamie murmelnd.

Ich mache noch einen Schritt auf ihn zu. Jetzt trennt uns ein halber Meter. »Oder wir können ein paar dieser Dinge ausprobieren, über die wir geschrieben haben.«

Jamie schluckt merklich. Aber da ist keine Angst in seinen Augen, nur Vorsicht und Unsicherheit. Damit lässt sich arbeiten.

»Willst du mir erlauben, dein Dom zu sein?«, frage ich.

Er öffnet den Mund, es kommt jedoch kein Ton heraus. Langsam hebe ich die Hand, lasse sie einen Moment zwischen uns schweben, um ihm Gelegenheit zu geben, zurückzuweichen. Tut er nicht, sodass ich schließlich mit zwei Fingern sein Kinn umfasse und sein Gesicht ein Stück drehe.

»Was hält dich davon ab, Ja zu sagen?«
Schweigen.

»Hast du Erfahrung mit so einer Art Beziehung?«

Sein Kopfschütteln spüre ich mehr, als das ich es sehe.

»Hast du schon einmal im realen Leben eine Szene gespielt?«

Wieder verneint Jamie.

Zugegeben, ich habe mit anderen Grundvoraussetzungen gerechnet, aber das ist okay.

Wir können ganz von vorne anfangen. Jamie muss nur lernen, sich fallen zu lassen und mir die Kontrolle zu übergeben.

»Ich ...« Jamie räuspert sich und leckt sich die Lippen. »Ich würde es gerne probieren. Mit dir.«

Mein Herz macht einen erwartungsvollen Satz. »Danke für dein Vertrauen.« Am liebsten würde ich mich vorbeugen und ihn küssen, wie ich es mir die ganze Fahrt nach Chicago über ausgemalt habe, aber das wäre zu viel auf einmal. Wir müssen es langsam angehen.

Ich lasse sein Kinn los, trete zurück und strecke ihm die Hand entgegen. »Komm.«

Zögerlich umschließt er meine Finger und lässt sich von mir ins Schlafzimmer ziehen.

»Es gibt ein paar Regeln, die wir durchsprechen müssen«, sage ich. Unsicher flackert sein Blick zu mir. Offenbar fragt er sich, was zur Hölle ich vorhabe.

»Setz dich aufs Bett«, weise ich ihn weiter an und verschwinde selbst kurz in dem Kleiderschrank, um aus meiner Tasche ein paar Utensilien zu holen.

»Gut«, sage ich, als ich zurückkomme und ihn auf dem Bett sitzend vorfinde. Er starrt zu den Lederhandschellen, die ich mitgebracht habe.

»Was hast du vor?«, hakt er nach.

»Sag Stopp, wenn ich aufhören soll«, weiche ich aus und knie mich vor ihn, sodass wir ungefähr auf einer Höhe sind. »Fürs Erste möchte ich nur, dass du mir gehorchst und vertraust. Kannst du das?«

»Ja, ich meine … Ja.«

Ich schmunzele. »Gut. Dann gib mir jetzt deine Hände. Handflächen nach unten.«

Zögerlich streckt er die Arme aus. Ich nehme seine rechte Hand in meine, hebe sie an und hauche einen Kuss auf die Fingerknöchel. Mir entgeht nicht, wie nervös ihn das macht. Vielleicht findet er es auch ein bisschen aufregend, dass er nicht weiß, was geschieht?

»Ich habe dir schon einmal die Hände gefesselt«, erinnere ich ihn und beginne damit, die Ledermanschetten um seine Handgelenke zu legen. »Wie hat dir das gefallen?«

»Es war ein wenig schmerzhaft«, antwortet Jamie, den Blick auf meine Tätigkeit gerichtet. »Auf angenehme Weise. In dem Moment konnte ich es allerdings nicht genießen.«

»Weil du dachtest, ich entführe dich, um dich in einer einsamen Hütte in den Bergen zu ermorden«, sage ich gespielt ernst. Das entlockt Jamie ein Schmunzeln.

»Richtig«, bestätigt er.

»Dann stimmt es, dass du es magst, gefesselt zu sein?« Im Chat war das einige Male Thema und wir haben viel darüber fantasiert.

»In der Theorie, ja.«

Damit kann ich etwas anfangen. Ich bin zumindest voller Tatendrang, seiner Fantasie gerecht zu werden.

Nachdem ich mich vergewissert habe, dass die Handschellen fest genug sitzen, richte ich mich wieder auf und ziehe ihn gleich mit.

»Du wirst die Handschellen die nächsten Stunden nicht abnehmen«, weise ich ihn an. »Wenn du Hilfe bei etwas brauchst, wirst du mich darum bitten müssen.«

»Oh«, entfährt es ihm überrascht. Er beißt sich auf die Unterlippe. »Das hättest du mir vorher sagen können, dann wäre ich noch einmal auf Toilette gegangen.«

Ich grinse ein wenig. »Wie gesagt: Ich bin da, um dir zu helfen, du musst nur danach fragen.«

»Und wann nimmst du sie mir wieder ab?«

»Das steht in meinem Ermessen.« Ich hebe die Hand und streiche mit den Fingerknöcheln sacht über seine Wange. »Wenn du ein guter Junge bist, werde ich gnädig sein.«

Zum ersten Mal bemerke ich, wie meine Worte etwas bei ihm auslösen.

Sein Atem geht flacher, seine Pupillen weiten sich und er leckt sich mit der Zunge nervös über die Unterlippe.

Es sind diese zwei kleinen Wörter, oder? *Guter Junge.*

Im Chat war mir nicht klar, was sie ihm bedeuten. Zum Glück kann ich ihn jetzt genau beobachten und herausfinden, wie sehr ihn das beeinflusst.

Das werden definitiv spannende zwei Wochen.

Kapitel 9: Herantasten

Jamie

Der angenehme Zug, jedes Mal, wenn ich meine Hände bewege, macht mich irgendwie an.

Womöglich liegt es auch an Brooks selbst, der die Verkörperung von purer Versuchung darstellt. Allein als er vorhin vor mir gekniet hat, dieser Blick aus grünen Augen …

Ich schlucke trocken, als ich daran zurückdenke. Nun, also, ich mag die Handschellen und den Kick, den sie mir geben. Gefesselt zu sein und meine Hände nur dürftig bewegen zu können, ist oftmals ein Teil meiner Fantasie gewesen. In Ketten gelegt und meinem Dom hilflos ausgeliefert. Brooks scheint nur den ersten Teil wahrmachen zu wollen.

Zumindest macht er keinerlei Anstalten, mich irgendwie zu berühren, seitdem er mir die Handschellen angelegt hat. Er hat sich entspannt auf die Couch gefläzt, ein Buch in der Hand, während im Hintergrund Musik über die Soundbar läuft.

Unsicher, ob ich ihn stören soll, laufe ich auf ihn zu. Er hebt den Blick und zieht erwartungsvoll eine Braue in die Höhe.

»Kann ich dir helfen, Süßer?«, hakt er höflich nach.

Es ist eine Stunde her, seit wir zusammen im Schlafzimmer waren. Meine Blase fühlt sich ein wenig voll an, aber ich werde ihn sicher nicht darum bitten, mich aufs Klo zu begleiten. Auch Trinken erscheint mir in diesem Zustand eher kontraproduktiv.

»Kann ich mich zu dir setzen?«, frage ich stattdessen.

Brooks legt das Buch zur Seite und stellt die Beine ein Stück weiter auseinander. »Komm auf meinen Schoß«, verlangt er.

Oh scheiße, meint er das ernst? Ich schlucke trocken und sehe hilflos von seinem Gesicht zu dem Sessel, der in greifbarer Nähe steht. Warum habe ich mich nicht einfach dorthin gesetzt?

»Komm schon, Jamie«, fordert Brooks mich auf. »Denk nicht zu viel darüber nach. Folge deinem ersten Impuls.«

Das sagt er so leicht. Mein erster Impuls ist so gut wie immer, wegzulaufen und mich zu verstecken. Aber heute nicht. Heute trete ich einen Schritt näher und lasse mich langsam auf seinen Oberschenkel sinken. Mein Herz klopft wild.

»Gut so«, murmelt Brooks, seine Stimme klingt weich wie ein Schnurren. Er legt einen Arm locker um meine Taille und streichelt über meine Seite.

Seine Berührungen gehen wie kleine elektrische Impulse durch meinen Körper. Alles kribbelt und vibriert angenehm.

Flach atme ich aus und gestehe mir ein, dass das gar nicht mal so übel ist. Es lässt das warme Feuer tief in meinem Bauch stärker lodern.

Wenn ich die Augen schließe und vergesse, wie verrückt das Ganze ist, könnte ich es mehr genießen. Doch die Realität, dass ich tatsächlich bei Brooks sitze – diesem perfekten Mann aus dem Internet, mit dem ich alle dunklen Sehnsüchte geteilt habe – trifft mich wie ein Vorschlaghammer. Ich versteife mich.

»Bist du sauer auf mich?«, frage ich leise.

Brooks beugt sich ein Stück vor, sodass sein Atem wie eine Liebkosung über meine Haut streicht. »Weswegen, Süßer?«

»Weil ich dich angelogen habe.«

Er schweigt kurz, als müsste er seine Worte abwägen. »Wegen des Bildes?«, hakt er nach.

Ich nicke, ohne den Kopf zu ihm zu drehen. Seine Hand an meiner Seite beginnt wieder, sanfte Kreise zu zeichnen.

»Ich bin nicht sauer«, stellt er klar. »Ich würde aber gerne verstehen, warum du es getan hast.«

Ist das nicht offensichtlich? Er hätte mich vermutlich nie angeschrieben, wenn ich mein echtes Profilbild verwendet hätte.

Ganz abgesehen davon, dass ich kaum Bilder von meinem Gesicht habe und nie welche mache. Das fühlt sich einfach falsch und komisch an.

Brooks beugt sich noch ein Stück vor, bis seine Lippen sanft über meine Haut streicheln.

»War es wegen der Anonymität?«, rät er flüsternd. Ich muss mich arg zusammenreißen, um nicht hart zu werden.

Wir sind uns so nah wie ich noch nie einem anderen Mann war. Vor allem nicht einem wie Brooks, der meinen wildesten Träumen entsprungen sein könnte.

»Vielleicht?«, antworte ich heiser. »Es fühlte sich sicherer an, irgendwie. Distanzierter.«

»Wie distanziert ist es jetzt?«, neckt er mich.

Mir entkommt ein leises Lachen. »Ich wusste ja nicht, dass du so ein Verrückter bist, der tausend Meilen mit dem Auto fährt, um einen Jamie zu treffen, den es gar nicht gibt.«

Brooks stockt und zieht sehr zu meinem Bedauern den Kopf zurück. Die Stelle in meinem Nacken fühlt sich augenblicklich kalt an. »Das glaubst du?«, hakt er nach. »Dass ich mit einem *anderen Jamie* geschrieben habe?«

Zögerlich drehe ich mich so, dass ich ihm ins Gesicht sehen kann. Sein Blick ruht ruhig und ernst auf mir, als könnte er mir direkt in die Seele schauen. Das macht mich nervös.

»Steh auf«, fordert er mich unvermittelt auf. Ich tue es sofort, auch wenn ich ein wenig perplex darüber bin.

Brooks erhebt sich ebenfalls, greift wortlos mein Handgelenk und zieht mich mit ins Schlafzimmer. Adrenalin peitscht durch meinen Blutkreislauf und ich halte sogar den Atem an, weil ich glaube, dass er mich zum Bett führt.

Aber nein, er hält vor dem großen Spiegel an, dreht mich zu diesem herum und stellt sich hinter mich.

»Was hast du vor?«, frage ich und sehe ihn unsicher durch das Glas hinweg an.

»Ich weiß, im Chat haben wir viel fantasiert und ich habe dir gesagt, dass ich nicht aufhören werde, egal ob du willst oder nicht, und nur dein Safeword dich retten kann.« Brooks hebt die Hand und legt sie ruhig auf meiner Schulter ab. Allein von ihm berührt zu werden löst wieder eine Gänsehaut aus. »Aber das hier ist die Realität und wir sind praktisch Fremde.«

»Was bedeutet das?«, traue ich mich zu fragen, als er nicht weiterspricht. Durch den Spiegel hinweg sehe ich, wie er den Kopf senkt und seine Lippen meine Schulter streifen.

»Das bedeutet, dass ich jedes deiner Worte ausnahmslos akzeptieren werde. Nein, Stopp, mach langsamer … egal was, ich werde darauf hören.«

Mein Herz schlägt mir bis zum Hals. So laut und schnell, dass ich glaube, gar keine Worte mehr herausbringen zu können. Aber irgendwie gelingt es mir. »Was ist mit ‚*Mach weiter*‘?«

Brooks erstarrt, hebt dann den Kopf und lächelt mich durch den Spiegel süffisant an.

»Nun, Süßer, wann ich weitermache und wie schnell … das liegt nur in meinem Ermessen. Aber netter Versuch.«

Auch meine Mundwinkel verziehen sich zu einem Lächeln, dabei ist es vollkommen abwegig, dass ich jemals von mir aus um irgendetwas bitten würde. Schon allein die Vorstellung versetzt mich in Panik. Es ist viel leichter, Brooks die Kontrolle zu überlassen und erleichternd zu wissen, dass er mein Nein akzeptieren wird. Ironischerweise vertraue ich ihm, auch wenn er selbst gerade zugegeben hat, dass wir Fremde füreinander sind.

»Versprichst du mir, zu sagen, wenn ich aufhören soll?«, hakt er nach.

Ich nicke.

»Sprich es aus.«

»Ich sage Stopp, wenn du aufhören sollst.«

Zufrieden nickt er. »Guter Junge«, flüstert er dicht an meiner Haut und, oh mein Gott, diese Worte … Ich schließe die Augen, weil ich den Kampf gegen meine Erregung gerade haushoch verliere.

»Sieh dich an«, fordert Brooks mich auf. »Ich will, dass du mir durch den Spiegel zusiehst.«

Ich muss mich regelrecht dazu zwingen, die Lider wieder zu öffnen, um seinem Befehl zu folgen. Brooks legt die Hände auf meine Hüften und streicht über den Stoff des Pullovers.

»Weißt du, was ich sehe, wenn ich dich angucke?«, fragt er flüsternd.

Langsam schüttele ich den Kopf.

»Ich sehe meinen Jamie.«

Er hebt den Pullover ein Stück an und kniet sich unvermittelt vor mich. Fest beiße ich mir auf die Unterlippe, als ich dabei zusehe, wie seine Lippen über meine nackte Haut oberhalb der Gürtellinie gleiten. An dem kleinen Muttermal an meiner rechten Hüfte hält er inne.

»*Das* ist mein Jamie«, raunt er. »Weißt du eigentlich, wie oft ich mir deine Bilder angeguckt habe? Ich habe auf alles geachtet, auf deine Muttermale, Narben und Sommersprossen.«

Ich zittere, weil mein Schwanz inzwischen komplett hart ist und gegen den Stoff der Shorts drückt. Vorhin war Brooks sehr zurückhaltend, als er meine Handrücken geküsst hat, aber jetzt …

»Nicht zumachen«, weist er mich streng an, als meine Lider wieder flattern. »Sieh nicht mich an, sondern dich selbst. Sieh dir in die Augen.«

Das fällt mir schwerer als gedacht. Die meisten Tage hasse ich es, mich selbst im Spiegel zu betrachten und tue es nie so intensiv, wie jetzt gerade. Das ist unangenehm und gleichzeitig berauschend.

»Siehst du, wie geschwollen deine Lippe schon ist, weil du ständig darauf herumkaust?« Brooks richtet sich wieder zu seiner vollen Größe auf. Er berührt mich nicht mehr, aber ich spüre seine Wärme in meinem Rücken. »Die Röte auf deinen Wangen, dein immer schneller werdender Atem? *Das* ist mein Jamie.«

Ich will ihm widersprechen, will sagen, dass ich nicht so aussehe wie der Junge auf meinem Profilfoto, aber irgendwie ist das jetzt auch egal, oder? Es spielt keine Rolle in diesem Moment, weil Brooks mir das Gefühl gibt, dass es das nicht tut.

Er fasst in mein Haar und streicht ein wenig grob darüber. Ich liebe diesen leichten Druck auf meiner Kopfhaut und hätte beinahe gestöhnt, weil es sich so gut anfühlt.

»Deine Hände sind immer noch gefesselt«, murmelt Brooks. »Wenn du etwas möchtest, musst du mich nur fragen.«

Scheiße, ist das sein Ernst?

»Bitte mich«, konkretisiert er. »Dann erfülle ich dir deinen Wunsch, versprochen.«

Es gibt so vieles, das ich im Moment von ihm will. Ich will wieder von ihm berührt werden. Will, dass er mir die Klamotten auszieht, über meinen harten Schwanz reibt, mir ein bisschen Erlösung verschafft.

Ich will so sehr, dass er mich küsst.

Aber ich bringe es nicht über mich, auch nur eines dieser Worte zu formulieren.

Es ist ein wenig unfair, Jamie in der Luft hängen zu lassen. Zugegeben, es gibt eine Menge Dinge, die ich gerne mit ihm tun würde. Allein die Art, wie er sich vorhin in jede meiner Berührungen geschmiegt hat, war berauschend. Wie wird das erst aussehen, wenn ich ihm wirklich Lust bereite?

Aber ich halte mich an meine eigene Regel für den heutigen Tag: Er muss mir sagen, wenn er etwas möchte. Ist das für uns beide ein wenig frustrierend? Hölle, ja.

Ich lenke mich zumindest damit ab, Mittagessen für uns zu machen und die Vorräte für die nächsten Tage zu sortieren. Später sitzen wir gemeinsam an dem kleinen Tisch in der Küche und ich lade etwas von dem Reis-Hähnchen-Curry auf seinen Teller.

Jamie sieht von dem Essen zu mir und schließlich zu seinen gefesselten Händen.

»Ähm ... nimmst du mir die Handschellen ab?«

»Nein.«

Er schweigt bei meiner eindeutigen Antwort, zögert, wägt ab, bevor er einen Versuch startet, so zu essen. Amüsiert beobachte ich ihn dabei.

Er kriegt es hin, auch wenn nicht besonders viel in seinem Mund landet. Genervt seufzt er auf und schielt wieder zu mir.

»Hilfst du mir beim Essen?«

Endlich.

»Sehr gerne.« Ich drehe den Oberkörper zu ihm und nehme ihm das Besteck ab. Mithilfe des Messers lade ich eine Portion auf die Gabel und beginne damit, ihn zu füttern. Die meiste Zeit meidet er meinen Blick dabei, aber ich kann nicht aufhören, ihn unentwegt anzustarren.

»Das ist lecker«, sagt er irgendwann.

»Freut mich.«

»Aber du kommst so ja gar nicht zum Essen«, bemerkt er mit Blick auf meinen unberührten Teller.

»Mach dir um mich keine Sorgen. Iss du erstmal auf.«

Jamie nickt zögerlich und verspeist den Rest, bis sein Teller leer ist. Bei seinem Appetit frage ich mich, ob er in letzter Zeit nicht nur mit einer kalten Wohnung, sondern auch mit einem knurrenden Magen zurechtkommen musste.

Genauer gesagt kenne ich seine Lebensumstände eigentlich gar nicht, wenn ich davon ausgehe, dass alles, was er mir in den Chats erzählt hat, mehr oder weniger gelogen war.

Ich würde gerne mehr von ihm wissen, *echte* Details, aber ich befürchte, ihn im Moment mit dieser Forderung verschrecken zu können.

»Danke fürs Essen«, sagt er, als ich sein Besteck in die Spüle räume. Ich schlendere zurück zum Tisch und reiche ihm die Hand, um ihn auf die Beine zu ziehen.

»Knie neben mir, während ich esse«, befehle ich schlicht und beobachte seine Reaktion auf meine Worte.

Zuerst blinzelt er nur perplex, runzelt die Stirn, dann glätten sich seine Züge jedoch und er nickt. Ohne Widerworte lässt er sich auf die Knie sinken, als ich mich auf meinen Stuhl setze.

»Kopf gesenkt halten«, weise ich weiter an. Sacht streiche ich mit den Fingern durch sein weiches Haar und erinnere ihn: »Du kannst Stopp sagen, wenn du nicht mehr möchtest.«

»Ich weiß«, murmelt er nur.

Zufrieden widme ich mich meinem Teller, meine Aufmerksamkeit wird jedoch immer wieder von Jamie abgelenkt, der sich still verhält und keinen Mucks macht, wie ich es von ihm verlangt habe.

Es ist keine große Sache und doch ein gewagter Schritt. Steht Jamie darauf, von mir wie mein Eigentum behandelt zu werden, oder war das nur eine Fantasie, die er in den Chats ausgelebt hat und sich im echten Leben gar nicht so toll anfühlt?

Nachdem ich aufgegessen habe, schiebe ich meinen Teller samt Besteck bedächtig zur Seite und drehe mich vollends zu Jamie. Ich stelle die Füße weiter auseinander und neige den Kopf.

»Komm näher«, fordere ich ihn auf.

Jamie reagiert sofort, er will sich offenbar mit den Händen abstützen und merkt dann, dass sie immer noch gefesselt sind. Die Ketten klirren leise und sein Blick zuckt zu mir hoch.

»Wie nah?«, fragt er, als er ein Stück nach vorne rutscht.

»Das reicht.« Jetzt kniet er fast zwischen meinen Beinen, sein Kopf auf perfekter Höhe zu meinem Schritt. Das habe ich heute sicher nicht mit ihm vor, auch wenn es verführerisch ist.

»Tun deine Knie weh?«, hake ich nach.

Jamie verzieht kaum merklich das Gesicht. »Die Position ist ein wenig … ungemütlich.«

»Daran wirst du dich gewöhnen. Ich mag es, wenn du neben mir kniest.« Langsam strecke ich die Hand aus und lege die Finger an seinen Kiefer, um sein Kopf ein Stück anzuheben. »Das ist die beste Aussicht für mich.«

Ich versuche, aus seinem Gesichtsausdruck schlau zu werden, aber sein Pokerface ist ziemlich gut. Gefällt ihm diese dominante Art oder ist er kurz davor, abzubrechen?

Keine Ahnung, ehrlich gesagt. Ich muss mich weiter vorantasten.

»Wenn ich dich mit nach Hause nehme, kannst du das den ganzen Tag tun. Auf mich warten, bis ich zurückkomme und dich für mich beanspruche.« Mit dem Daumen fahre ich gemächlich über seine Wange. »Wie gefällt dir die Vorstellung?«

Ich spüre beinahe, wie er schluckt. »Ich weiß nicht.«

»Dann sage ich dir, wie ich das finde.« Ich beuge mich vor, halte dabei seinen Blick fest. »An vielen stressigen Arbeitstagen war das Einzige, das mich bei Laune gehalten hat, die Aussicht auf Gespräche mit dir. Du warst das Highlight meines Tages.«

»Tatsächlich?«, fragt er leise.

»Ja«, bestätige ich und neige erneut fragend den Kopf. »War es bei dir nicht so?«

Jamie leckt sich über die Lippen. »Ich ...«

Bedächtig lasse ich ihn los und lehne mich zurück. »Sprich ganz offen mit mir, Kleiner. Was haben unsere Gespräche dir bedeutet?«

Er muss nicht lange nachdenken, bevor er antwortet: »Ablenkung.«

»Wovon wolltest du dich ablenken?«

Hilflos zuckt er mit den Schultern. »Vom Leben, schätze ich. Von allem.«

»Mochtest du die Vorstellung, dass jemand anderes Entscheidungen für dich trifft?«, hake ich nach. »Hast du dich daran gehalten, als ich dir gesagt habe, du darfst dich nicht mehr selbst anfassen, wenn ich es dir nicht ausdrücklich gestatte?«

Wie submissiv bist du wirklich, Jamie?

»Oder fandest du es nur aufregend und lustig, mit jemandem zu chatten und ein paar verbotene Fantasien auszutauschen?«, bohre ich weiter nach, als er darauf nicht antwortet. »Waren es die Geschenke, das Geld? Du wärst nicht der erste Junge, der bei *darkdomfantasies* nach einem Sugar Daddy sucht.«

Damit scheine ich einen Nerv getroffen zu haben, denn Jamie reißt den Kopf zurück und blinzelt mich ungläubig an. »Meinst du, es ging mir um dein Geld? Glaubst du, ich hätte vorausahnen können, dass du mich entführst und in eine Luxushütte bringst?«

Ich hebe eine Augenbraue angesichts seiner heftigen Reaktion darauf. »Sag du es mir«, verlange ich. »Jede Antwort ist okay. Ich habe mit meinem finanziellen Status immerhin nicht hinterm Berg gehalten, weil ich weiß, dass Macht und Geld Einfluss auf Jungs wie dich haben.«

Für einen Moment sieht es so aus, als habe Jamie sehr viel zu dem Thema zu sagen, aber schlussendlich stellt er sich nur auf die Füße und weicht vor mir zurück.

»Mach mich los, bitte«, verlangt er und streckt mir die Hände entgegen.

»Stopp?«, frage ich sicherheitshalber, woraufhin er bekräftigend nickt.

»Okay, folg mir.«

Er läuft ein paar Schritte hinter mir her, bleibt aber im Wohnzimmer stehen, während ich weiter ins Schlafzimmer laufe und den kleinen Schlüssel für die Handschellen hole.

Der letzte Kommentar hat ihn getriggert, das kann man nicht bestreiten. Stört ihn die Andeutung wegen des Geldes oder war es etwas anderes, das ihn aus der Fassung gebracht hat?

»Komm her«, bitte ich sanft, als ich zurück zu ihm ins Wohnzimmer trete. Ich öffne zuerst die linke Manschette, befreie sein Handgelenk und massiere sacht an den Abdrücken entlang, die die Handschellen verursacht haben.

Jamie lässt es zu, als ich seine Hand jedoch loslasse, zieht er den Arm sofort zurück. Als ich auch sein rechtes Gelenk entlasse, lässt er nicht zu, dass ich ihn nochmal berühre, sondern stolpert von mir weg.

»Lass uns darüber reden, während wir den Abwasch machen«, schlage ich vor.

»Ich muss an die frische Luft«, murmelt Jamie und wendet sich bereits ab. In mir schrillen alle Alarmglocken los.

»Es ist kalt und schneit«, bemerke ich und folge ihm, als er Richtung Haustür läuft. »Meinst du, es ist eine gute Idee, jetzt raus zu gehen?«

»Ich bin ja hier nicht eingesperrt«, schnappt er, als er schon in seine Sneaker schlüpft.

Ich könnte es als Fortschritt werten, dass er aus seiner Haut fährt, würde er nicht erneut von mir abhauen.

»Nein, natürlich nicht«, bestätige ich. »Aber du ...«

»Ich komme schon klar, Brooks«, unterbricht er mich und streift seine Jacke über.

Verärgert knirsche ich mit den Zähnen, belasse es jedoch dabei und hole nur sein Handy, das er im Wohnzimmer hat liegen lassen. »Nimm das mit und wenn etwas sein sollte, rufst du mich an, okay?«

Zumindest darauf hört er, entsperrt sein Telefon und lässt zu, dass ich meine Nummer einspeichere. Ironischerweise haben wir bei *darkdomfantasies* so ziemlich alles getauscht – sogar unsere Adressen – aber niemals Telefonnummern.

Als er schon halb zur Tür raus ist, drücke ich ihm noch Handschuhe und Mütze in die Hand.

Sein darauffolgendes Augenrollen hätte mich fast dazu veranlasst, ihn zurück in die Hütte zu ziehen und dafür zu sorgen, dass er seinen Dom gefälligst mit etwas mehr Respekt behandelt.

Leider bin ich nicht sein Dom – und dazu gar nicht befugt.

Ist es nicht fantastisch, dass er zum zweiten Mal innerhalb achtundvierzig Stunden lieber in die Kälte verschwindet, statt bei mir zu bleiben?

Kapitel 11: Risse

Jamie

Ich bin verärgert und ein bisschen peinlich berührt, als ich durch den Schnee stapfe und mir immer mehr weiße Flocken ins Gesicht peitschen.

Nach fünf Minuten in der Kälte bin ich froh darum, dass Brooks mir Mütze und Handschuhe mitgegeben hat, denn meine Finger und Ohren fühlen sich an wie Eiszapfen.

Apropos Brooks. Gott, ich kann ihm nie wieder unter die Augen treten, so wie ich mich gerade verhalten habe. Ich habe alles vermasselt, bevor es überhaupt richtig angefangen hat. Das ist so dämlich.

»Hey, du.« Ich zucke zusammen, als ich links von mir eine Stimme höre. Mir ist gar nicht aufgefallen, dass ich mich der Nachbarhütte genähert habe, die Hangabseits liegt. Auf der Veranda steht ein älterer Mann mit dicker Winterjacke und Kamera. »Ich will die Schneeflocken fotografieren. Du läufst mir einfach ins Bild.«

»Tut mir leid«, sage ich perplex, halte endgültig an und reibe mir die Hände aneinander. »Ich mache nur eine kurze Pause, dann bin ich sofort wieder weg.«

»Ich kenne dich doch«, bemerkt er und lehnt sich gegen das Geländer, dessen Holz gefährlich morsch aussieht. »Wolltest du nicht von hier abhauen?«

Oh, das ist der Typ, dem ich bei meiner ersten Flucht begegnet bin. »Ich bin nicht sonderlich weit gekommen«, antworte ich lapidar, was ihn schmunzeln lässt.

»Behandelt dein Mann dich nicht gut?«, fragt er mit einem Wink zu unserer Hütte, die in dem Schneetreiben kaum noch zu erkennen ist.

Ich stocke über seine Wortwahl. Brooks ist vieles, aber in keinem Universum *mein Mann*. Wie absurd das klingt.

»Es liegt nicht an ihm«, sage ich, bevor er auf falsche Gedanken kommt.

»Willst du auf einen Tee reinkommen?«, fragt er gutmütig.

Mein erster Impuls ist es, abzulehnen, aber ich denke so lange darüber nach, bis der Fremde sich abwendet und Richtung Haustür schlurft. »Komm schon«, ruft er mir über die Schulter zu, als ich mich nicht rühre.

Mit einem mulmigen Gefühl im Bauch folge ich ihm zögerlich. Gott, fangen so nicht schlechte Horrorfilme an?

»Ich bin übrigens George«, vertraut er mir an.

»Jamie.«

Mollige Wärme schlägt mir entgegen, als ich nach drinnen trete. Sie kommt von einem Kamin, der im Wohnzimmer fröhlich vor sich hin flackert.

»Setz dich ruhig aufs Sofa, ich bin sofort wieder bei dir.«

»Danke«, murmele ich und folge seiner Anweisung. Seine Hütte sieht ganz anders aus als unsere, auch wenn sie sich von außen ähneln. Das Mobiliar ist deutlich in die Jahre gekommen, das Polster der Couch eingesessen, Teppich und Vorhänge scheinen aus einem anderen Jahrzehnt zu stammen, aber dennoch hat die Einrichtung einen unverwechselbaren Charme.

Bilder stehen in den Regalen, ein paar urige Lampen spenden schummriges Licht, das Bücherregal ist gefüllt mit zerfledderten Romanen. Links neben mir auf dem kleinen Tischchen steht ein Fotorahmen, der meine Aufmerksamkeit auf sich zieht. Es zeigt zwei junge Männer am Strand, die fröhlich in die Kamera grinsen. Darüber hängt eine silberne Kette mit einem Kreuz daran.

»Hier, bitte.«

Ich zucke zusammen, als George mit zwei dampfenden Bechern vor mir auftaucht.

Er lacht leise. »Bist du immer so schreckhaft, Jamie?«

»Nein, sorry. Ich war nur in Gedanken.« Dankbar nehme ich die Tasse entgegen und deute mit einer Handbewegung auf die Fotografie. »Sind das Sie?«

»Ja. Vor vielen, vielen Jahren«, meint er amüsiert, dann wird sein Blick wehmütig. »Es zeigt mich und meinen besten Freund in einer unserer unbeschwertesten Zeiten. Natürlich empfand ich es damals nicht so, aber heute würde ich alles dafür geben, zu dem Moment zurückzukehren.«

Schwerfällig lässt George sich neben mich sinken und streckt die Beine aus. Er humpelt ein wenig auf dem linken Bein, das ihm Schmerzen zu bereiten scheint. Sofort habe ich ein schlechtes Gewissen, weil ich ihm eben nicht zur Hand gegangen bin.

»Sind sie immer noch befreundet?«, hake ich weiter nach.

»Das waren wir lange Zeit.« George fährt sich geistesabwesend durch den grauen Bart, sein Blick gleitet nachdenklich in die Ferne. »Seit unserer frühen Jugend, aber für mich war es immer mehr.«

Überrascht hebe ich eine Augenbraue. »Waren sie ... ein Liebespaar?«, frage ich weiter.

»Das waren andere Zeiten damals, weißt du? Wir haben nie darüber gesprochen. Bei Gott, ich habe es nicht einmal in Erwägung gezogen.

Nach unserem gemeinsamen Dienst in der Navy hat Thomas eine Frau geheiratet, ist in den Westen übergesiedelt und Vater zweier Kinder geworden. Wir haben uns Jahrzehnte später erst wiedergesehen, aber immer Briefe geschrieben.«

Ein ungutes Gefühl zieht in meinem Magen, da ich befürchte, dass die Geschichte kein Happy End hat. George schüttelt den Kopf und lacht leise, als müsse er sich selbst aus Erinnerungen reißen. »Aber ich will dich nicht mit alten Anekdoten langweilen, Jungchen.«

»Machen Sie Witze? Sie können mich nicht in der Luft hängen lassen. Was ist passiert? Haben sie sich schlussendlich wiedergesehen?«

Er schmunzelt und ein Leuchten tritt in seine Augen. »Vor acht Jahren, nachdem seine Frau verstorben ist. Seine Kinder waren inzwischen erwachsen. Ich selbst bin nie sesshaft geworden, war rastlos und konnte mich nicht festlegen. Erst, als ich ihn nach all den Jahren wiedergetroffen habe, wurde mir bewusst, warum. Es lag immer an ihm – weil mir niemand dieses Gefühl geben konnte, das ich bei ihm verspürt habe.«

Ich lehne mich tiefer ins Polster, stütze das Kinn auf der Handfläche ab und betrachte ihn neugierig. »Hat er dasselbe für Sie empfunden?«

»Das hat er.« George lächelt jetzt. »Das hat er tatsächlich.«

»Dann hat die Geschichte ein Happy End?«, frage ich hoffnungsvoll.

»Ja.« Sein Strahlen vergeht. »Aber *Happy Ends* sind nicht unendlich. Wir hatten noch ein paar schöne, kostbare Jahre zusammen, bis der Krebs unaufhaltsam war.«

Meine Schultern sacken nach unten und Traurigkeit löst die anderen Gefühle in meinem Bauch ab. Warum fühlt sich das so unfair an? Ich wünschte, George und sein Thomas hätten mehr als nur ein paar Jahre gehabt.

»Jetzt erzähl du mal«, verlangt George gutmütig. »Wieso hörst du dir lieber die Geschichten eines Greises an, statt bei dem Mann zu sein, der durch einen Schneesturm für dich gegangen ist? Er scheint ein guter Fang zu sein.«

Ich spüre, wie Röte in meine Wangen schießt, und trinke eilig von meinem Tee, um nicht sofort darauf antworten zu müssen. »Es ist kompliziert«, weiche ich aus. »Unser Kennenlernen war ... unkonventionell und baute auf einer Menge Lügen auf.« Und jede davon stellt sich als Stolperstein heraus.

»Das klingt klischeehaft, aber Ehrlichkeit ist essentiell für all unsere Beziehungen im Leben.« George seufzt leise.

»Weißt du, wie oft ich mich frage, ob alles anders gelaufen wäre, wäre ich damals ehrlich zu Thomas – und mir selbst – gewesen?«

Er hat recht, tief in mir weiß ich das ebenfalls. Warum ist es dann nur so schwer, die Wahrheit zu sagen?

Ich bin länger als beabsichtigt bei George. Wie sich herausstellt, besucht er jeden Winter Alpine Valley und hat allerhand lustige Anekdoten und Geschichten über das Skiresort zu erzählen. Es ist bereits später Nachmittag, als ich mich dazu überwinde, zurückzukehren.

»Weißt du eigentlich, was für Sorgen ich mir gemacht habe?« Brooks wartet schon an der Tür auf mich, mit verärgert zusammengezogenen Brauen und einem Sturm in dem sonst so ruhigen Blick.

»Tut mir leid«, murmele ich und hänge meine Jacke in die Garderobe.

»Du warst stundenlang weg. Du musst doch völlig durchgefroren sein.« Skeptisch mustert er mich einmal von oben bis unten. »Hast du dich verlaufen? Sind deine Klamotten nass?«

»Mir geht es gut.« Ich weiche seinem Blick aus. »Ich habe mit unserem Nachbarn geredet.«

»Mit unserem ... was? *Wo* warst du? Wieso bist du überhaupt ...«

Er bricht ab und seufzt laut auf. »Jamie, kannst du mir ins Gesicht sehen, wenn ich mit dir rede?«

Hart schluckend hebe ich das Kinn und blinzele ihn an.

Seine Stimme bekommt einen verzweifelten Unterton. »Sprich mit mir, bitte.«

Ich denke an George und Thomas, daran, wie die Wahrheit sie Jahre ihres Lebens gekostet hat. Ihre Geschichte zieht wie ein Film in meinem Kopf vorbei.

»Ich möchte nach Hause.« Die Worte fühlen sich bitter auf meiner Zunge an. »Kannst du mich zurückbringen?«

Ich sehe richtig, wie Resignation in Brooks' Augen tritt. Ich hasse ein wenig, dafür verantwortlich zu sein.

»Natürlich«, antwortet er, jetzt wieder ganz ruhig und beherrscht. »Aber wir können nicht mehr heute fahren, es wird bald dunkel. Morgen nach dem Frühstück geht es los.«

Zaghaft nicke ich.

Ehrlichkeit ist essentiell, da stimme ich George durchaus zu. Die Sache ist ... für die Wahrheit braucht es Mut. Und ich bin nur ein Feigling.

»Verrätst du mir jetzt, wo du warst?«, hakt Brooks nach, als ich die Schuhe abstreife und sie bedächtig zurechtrücke, um ihn nicht ansehen zu müssen.

»Hast du die Hütte ein Stück weiter unten gesehen? Dort wohnt ein älterer Mann, George. Er hat mich auf einen Tee eingeladen.«

»Mhm. Du warst also bei einem Fremden in einer verschneiten Berghütte«, murmelt Brooks und folgt mir, als ich ins Wohnzimmer laufe.

»Er hat mir erzählt, dass es in der Nähe ein Gemeinschaftshaus gibt, in dem Après-Ski-Partys stattfinden«, erzähle ich ausweichend. »Falls du Interesse hast.«

»Ist das dein Ernst?« Er seufzt frustriert. »Jamie, kannst du mir sagen, was los ist? Was ist schiefgelaufen?«

Kurz vor der Couch bleibe ich stehen und schließe ergeben die Augen. Ich wünschte, ich könnte ein ehrliches Gespräch mit ihm führen wie ein normaler Mensch. Warum fällt mir das nur so schwer?

»Okay.« Brooks tritt zurück, als ich nur schweige. »Dann lasse ich dich jetzt in Ruhe.«

Seine Schritte entfernen sich und kurz darauf höre ich die Schlafzimmertür leise zugehen. Ich kauere mich auf die Couch und schlucke das bittere Gefühl herunter. Schon immer ist es mir schwergefallen, Konversationen zu führen, aber bei Brooks erreicht es einen neuen Höhepunkt.

Er kennt meine dunkelsten Fantasien und tiefsten Sehnsüchte, ganz zu schweigen davon, welche Bilder ich ihm geschickt habe.

Es war so viel leichter, mit ihm zu schreiben, als mit ihm zu reden.

Nachdenklich ziehe ich mein Handy heraus und streiche über den Bildschirm. Ich habe die App gelöscht, aber Brooks hat mir vorhin seine Nummer gegeben. Theoretisch ...

Scheiß drauf. Ich tue es jetzt einfach.

Jamie

Tut mir leid.

Brooks

Was genau?

Jamie

Ähm, alles? Dass ich dich angelogen habe, abgehauen bin und jetzt nicht einmal mit dir reden kann.

Brooks

Fällt es dir leichter, mir zu schreiben?

Jamie

Eindeutig, ja. Immerhin haben wir vier Monate nichts anderes gemacht.

Brooks

Stimmt. Dann schreib mir doch, was du mir nicht sagen kannst.

Jamie

Ich weiß gar nicht, wo ich anfangen soll.

Brooks

Du redest von Lügen – im Moment weiß ich aber nur, dass du ein falsches Profilbild verwendet hast. Was war denn noch gelogen?

Jamie

Ich habe dir gesagt, ich wäre Filialleiter des Cafés. Stimmt nicht. Ich arbeite als Barista.

Brooks

Habe ich mir schon gedacht. Wieso hast du das verschwiegen? Hast du geglaubt, dein Job wäre mir wichtig?

Jamie

Die Sache ist, ich war mal Filialleiter. Habe einen College-Abschluss und für eine Zeit in der Firma meines Vaters gearbeitet, aber sie ist pleite gegangen und seitdem hat mich niemand mehr eingestellt. War damals eine Riesensache und ist es heute noch. Mein Vater hat eine Menge Leute verärgert und mein Name ist quasi in ganz Chicago gebrandmarkt.

Brooks

Autsch. Hat dich meine Aussage wegen des Geldes deswegen getriggert?

Jamie

Ich will von niemandem irgendwelche Almosen annehmen. Also, ja, das hat mich getroffen.

Brooks

Verstehe. Hat nur dieser Satz dich vorhin gestört oder war es die ganze Szene?

Jamie

Nun ...

Brooks

Sei ehrlich, Frechdachs. Ich bin auch nicht verärgert deswegen.

Jamie

Ich mochte es sehr, deine Aufmerksamkeit zu haben und auf deinem Schoß zu sitzen, es war aber nicht so mein Ding, wortlos neben dir zu knien. Ich weiß, ich bin vermutlich der schlechteste Sub, den du jemals hattest.

Brooks

Ist vollkommen okay, Süßer. Das macht dich nicht zu einem schlechten Sub. Es wird vorkommen, dass es Dinge gibt, die mir Spaß machen und mit denen du nichts anfangen kannst und anders herum genauso.

Jamie

Wenn du das so sagst, klingt es logisch.

Brooks

Übrigens suche ich keinen Vollzeit-Sub, der mir zu jeder Tages- und Nachtzeit hörig ist. Unsere Beziehung sollte immer noch auf Augenhöhe stattfinden und wenn es um Szenen geht, die wir spielen, sollten wir sie beide genießen.

Jamie

So habe ich das noch nie gesehen, aber das ergibt Sinn. Ich fühle genauso.

Brooks

Deswegen ist es wichtig, dass wir über solche Sachen reden, okay? Ich mochte es übrigens auch sehr, dir meine volle Aufmerksamkeit zu schenken. ;)

Jamie

Du bist so lieb, Brooks. Du hast echt jemanden verdient, der das zu schätzen weiß. Vielleicht findest du beim Après-Ski einen netten Typen?

Brooks

Hör mir bloß auf, Jamie. *Après-Ski.*
Unglaublich, dass du mir das vorschlägst,
nachdem du mir offenbart hast, dass du
abreisen willst.

Jamie

Daran siehst du, warum wir nie miteinander
telefoniert haben. Ich bin nicht gut in
Gesprächen.

Brooks

Haha, das hätte mir wohl zu denken geben
sollen ...

Jamie

Hast du bei irgendetwas auch gelogen?

Brooks

Nope, ich war vollkommen ehrlich zu dir.

Jamie

Ach, komm. Zumindest ein wenig dick
aufgetragen? Bei der Größe deines Schwanzes
vielleicht?

Brooks

Komm doch rüber und überprüfe es,
Frechdachs.

Jamie

Ich habe ein wenig Angst, dass du die
Wahrheit gesagt hast …

Brooks

Ich weiß, wie man damit umgeht, keine
Sorge.

Jamie

Wieso klingt das nur so heiß?

Brooks

Jetzt wieder zu dir. Ich will noch mehr
Wahrheiten hören.

Jamie

Ich hatte nie eine Beziehung.

Brooks

Ich weiß, das hast du mir schon erzählt.

Jamie

Ja, aber ich hatte auch nie … Sex. Also, nie
so richtig. Mit einem Mann.

Brooks

Scheiße, Jamie …

Brooks
Noch nie?

Jamie

Nein. Ist mir ein bisschen peinlich. Aber es hat sich nie ergeben.

Brooks
Das finde ich jetzt irgendwie heiß.

Jamie

Was ist daran heiß?

Brooks
Ich bin dein Erster. Ich kann dir alles zeigen …

Jamie

Wenn du mein Erster sein willst, müsstest du erstmal die tausend Meilen Entfernung überwinden und nach Chicago kommen …

Brooks
Oh, warte, das habe ich getan.

Brooks
Hätte ich das gewusst, wäre ich schon vor drei Monaten gekommen, Frechdachs.

Jamie

Es fängt ganz schön an zu stürmen. Meinst du, das wird ein Schneesturm?

Brooks

Die Couch ist wirklich unbequem. Willst du dich zu mir ins Bett kuscheln?

Jamie

Können wir trotzdem weiter schreiben?

Brooks
Klar.

Die Tür geht mit einem leisen Quietschen auf und ich setze mich automatisch aufrecht hin. Ich habe die Nachttischlampe angeknipst, die alles in warmes Licht taucht und sanfte Schatten an die Wand wirft.

Jamie tapst beinahe lautlos zu mir ins Bett und ebenso schweigsam hebe ich die Decke an. Er schlüpft darunter und schmiegt die Wange an meine Brust, während ich den Arm um seine Schulter lege. Seine Wärme dringt angenehm durch die Schichten Klamotten zwischen uns. Ich vergrabe die Nase in seinem Haar und schließe genießerisch die Augen.

Gott, wer hätte vor zwei Stunden gedacht, dass wir jetzt hier zusammen kuscheln? Ich jedenfalls nicht.

Mein Handy vibriert, was mich dazu veranlasst, den Kopf zu heben und einen Blick auf den Bildschirm zu werfen.

Jamie
Fühlt sich gut an.

Meine Hand rutscht tiefer und ich streichele sanft über seine Seite, woraufhin er sich enger an mich schmiegt. Das gefällt mir.

Brooks
Ich fürchte, bei dem Schneesturm werden wir morgen nicht zurück nach Chicago kommen …

Das ist ein wenig übertrieben, es ist zwar windig und stürmisch, aber bis morgen ist es sicher wieder vorüber. Nur ein kurzes Unwetter. Doch Jamie geht darauf ein.

Jamie
Sind wir dann hier eingesperrt?

Brooks
Wohl oder übel. Womit können wir uns nur
die Zeit vertreiben?

Jamie
  Sag du es mir.

»Mir fällt da schon was ein«, erwidere ich laut. Es ist komisch, die Stille zu durchbrechen und Jamie spannt sich merklich an, entspannt sich aber nach ein paar Atemzügen wieder. Ich mache weiter damit, über seine Seite zu streicheln.

Bedächtig schließt Jamie die Messenger-App, legt sein Handy weg und atmet durch.

»Reden wir jetzt wieder miteinander?« Seine Stimme klingt leise, vorsichtig.

»Wenn du willst.« *Wenn du dich traust*, wohl eher.

»Wieso bist du so nett zu mir, obwohl ich es dir so schwierig mache?«

Bei seiner Frage lache ich schnaubend. Ist das nicht offensichtlich? »Jamie, wir haben vier Monate miteinander geschrieben. Du warst neben meinen Freunden und meinen Arbeitskollegen der einzige soziale Kontakt.« Ich habe mich vielleicht oder vielleicht auch nicht ein bisschen in ihn verknallt. Ein bisschen sehr. »So leicht gebe ich nicht auf.«

Nachdenklich reibt er seine Wange an meiner Brust und dann, ganz langsam, als wolle er mich nicht verschrecken, rutscht er näher und schlingt ein Bein um meines. Er liegt jetzt mit seiner kompletten Länge an mir und ich wünschte, ich hätte vorhin die Jeans ausgezogen, um ihn besser zu spüren.

»Ich kann ganz schön hartnäckig sein«, vertraue ich ihm an. »Aber ich höre trotzdem auf, wenn du das möchtest.«

Er brummt etwas Unverständliches.

»Wie bitte?«, frage ich amüsiert.

»Können wir so einschlafen und nicht mehr miteinander reden?«

»Meinetwegen, wenn du mir noch eine Frage beantwortest.«

Jamie zögert. »Okay«, stimmt er zu.

»Was wolltest du schon immer mal tun, hast dich aber nie getraut?«

Es ist so lange still, dass ich glaube, er ist eingeschlafen. Doch irgendwann antwortet er: »Einen Mann küssen.«

Mein Herz zieht sich ein wenig zusammen. Er ist nicht nur Jungfrau, sondern hat keinerlei Erfahrung mit Männern, wie es aussieht. Damit habe ich nicht gerechnet bei unseren versauten Chats.

Ich rücke ein Stück von ihm ab, sodass er den Kopf heben muss.

Unsicher blinzelt er mich an, als ich eine Hand auf seine Wange lege und sein Kinn anhebe. Unser erster Kuss ist ganz sanft und zärtlich, nicht so stürmisch und ungehalten, wie ich es mir ausgemalt hatte. Es ist perfekt.

Sacht bewegen sich unsere Lippen aufeinander, bis ich einen Schritt weitergehe und mit der Zunge über seine streiche.

Es bleibt still, als wir uns voneinander lösen, Jamie legt den Kopf zurück auf meine Brust und ich drücke ihn enger an mich. Gerne würde ich von ihm wissen, wie er es fand und ob er eine Wiederholung möchte, aber immerhin habe ich ihm versprochen, dass wir nach dieser allerletzten Frage schweigen und schlafen.

Und genau das tun wir.

Als der nächste Morgen anbricht, bin ich ganz allein im Bett. Jamies Seite ist verwaist und bereits kalt.

Panik macht sich in mir breit und erfüllt sogleich jeden Winkel meines Körpers. Schon gestern hat sein Wunsch, nach Hause zu fahren, mich bedrückt, aber jetzt, nach unseren Textnachrichten und dem Kuss, fühlt es sich an wie ein Schlag ins Gesicht.

Noch im Halbschlaf stolpere ich aus dem Bett und durchsuche Bad und Wohnzimmer, aber nirgends eine Spur von Jamie.

Zumindest war er dieses Mal so schlau und hat das Auto genommen, statt allein durch den Schnee zu stapfen.

Ich lache ein wenig verzweifelt auf.

»Großartig«, murmele ich und schlendere zurück ins Schlafzimmer, um mein Handy zu holen.

Brooks
Du weißt, dass das Diebstahl ist, oder?

Jamie
Wirst du mich jetzt anzeigen?

Brooks
Mein bester Freund ist Anwalt.

Jamie
Das macht mir aber Angst.

Brooks
Verstehe, jetzt wirst du frech, aber denk dran, dass ich weiß, wo du wohnst und wo du arbeitest, Süßer.

Das klang ein wenig zu bedrohlich, weshalb ich einen Zwinkersmiley hinterherschicke. Natürlich habe ich nicht wirklich vor, ihn deswegen zu verklagen. Mein Auto will ich allerdings schon zurückhaben.

Jamie

Denkst du echt, ich klaue dein Auto und fahre zurück in meine Wohnung? Für deine Karre bekomme ich sicher gutes Geld. Damit mache ich mir ein schönes Leben.

Ein unpassendes Grinsen zupft an meinen Mundwinkeln, während ich mich gemächlich auf die Couch setze und eine Antwort tippe.

Brooks
Du scheinst dich nicht sonderlich gut mit Autos auszukennen, Frechdachs. Damit kannst du dir kein schönes Leben machen. Komm lieber zu mir zurück und ich sorge dafür, dass es dir an nichts mehr fehlt.

Jamie
Klingt wie eine Falle ...

Brooks
Mit Orgasmus-Garantie.

Jamie
Okay, überredet. Bis gleich.

Kapitel 13: Spitze

Jamie

Hat Brooks wirklich geglaubt, ich würde mir sein Auto schnappen und einfach abhauen? Zumindest kann ich Erleichterung in seinen Zügen ausmachen, als ich wenig später zurückkomme.

»Hast du dich wieder bei dem Nachbarn verkrochen?«, fragt er grummelnd.

Ich halte die weißen Tüten mit dem niedlichen Logo, die ich in einer Hand balanciere, hoch. »*Littles Bakery.* George hat gesagt, dort gibt es das beste Frühstück, und ich dachte, wir testen es mal.«

»Oh, *das* riecht so fantastisch.« Brooks nimmt mir die Tüten ab und bringt sie in die Küche. »Bist du mit dem Wagen gut vorangekommen? Scheint ganz schön viel Schnee gefallen zu sein.«

»Deinem SUV sei Dank. Die Straßen sind ziemlich rutschig, man kommt gut durch das Resort, aber nach unten wird es schwierig.«

»Dann sind wir tatsächlich eingesperrt?«, fragt er amüsiert und späht in die Verpackungen. »Zimtschnecken? Himmel, du kannst Gedanken lesen. Ich liebe die Dinger.«

»Ich weiß«, murmele ich. Das hatte er mir mal in einem unserer vielen Gespräche erzählt.

Brooks greift nach einer Gabel und sticht ein Stück von dem Gebäck auf, um es zu probieren. Es ist ein wahrer Genuss, ihm zuzusehen, wie er genießerisch die Augen schließt und leise stöhnt.

»Das schmeckt so gut«, sagt er und nimmt gleich noch einen Bissen. »Wie viel hast du ausgegeben? Ich gebe dir das Geld zurück.«

»Du bist eingeladen. Willst du Kaffee?« Ich laufe an ihm vorbei zur Maschine. Wie erwartet verneint Brooks und hinter mir wird es verdächtig still.

Anspannung kribbelt in meinen Muskeln, während ich darauf warte, dass der Kaffee durchläuft. Es kommt mir vor wie eine halbe Ewigkeit, bis ich endlich einen Schluck nehme und mich langsam zu ihm herumdrehe.

»Willst du nicht weiter auspacken?«, frage ich. »Ich habe auch Bagels und Muffins besorgt. Eigentlich alles, was die Kellnerin mir angeboten hat, weil ich nicht Nein sagen konnte.«

»Spielt Geld eine große Rolle für dich?«, hakt Brooks bedächtig nach.

Ich schlucke, weil ich nicht damit gerechnet habe. Mein erster Impuls ist es, die Frage abzuwiegeln und das Thema umzulenken oder schlichtweg zu schweigen, aber ich entscheide mich bewusst dagegen.

»Ich habe dir von der Firma meines Vaters erzählt, doch er wurde erst richtig erfolgreich, als ich ein Teenager war. Wir waren weder arm noch sonderlich reich. Ich war das Kind in der Schule, das die Klamotten seines Bruders und No-Name-Schuhe getragen, aber immer ein liebevoll gepacktes Lunchpaket dabei hatte.«

»Und wie war es, nachdem ihr zu Geld gekommen seid?«, will Brooks weiter wissen.

»Na ja, nicht *wir* sind erfolgreich gewesen, sondern mein Vater, und das hat er uns spüren lassen. Er hat uns Nahrung und Bildung finanziert, um alles andere mussten mein Bruder und ich, aber auch unsere Mutter, uns selbst kümmern.«

»Wollte er euch eine Lebenslektion erteilen oder war er einfach nur geizig?«

Seine Wortwahl bringt mich ungewollt zum Lächeln, selbst wenn ich nicht mit positiven Erinnerungen an meinem Vater denke. »Er war besessen davon, immer mehr Geld zu haben und hatte regelrechte Panik davor, es irgendwann wieder zu verlieren. Mittlerweile verstehe ich, warum. Es war gestohlenes Geld und sein Schneeballsystem fragil. Er hat den Verlust seines Reichtums nie überwunden und allem und jedem die Schuld gegeben.

Auch mir, obwohl ich mir deswegen keinen Vorwurf machen kann. Deshalb sprechen wir nicht mehr miteinander.«

»Was ist mit deiner Mutter?«, fragt er weiter nach.

Noch so ein Thema, dem ich am liebsten ausweichen würde. Ich blinzele ein paar unpassende Tränen weg. »Sie war sehr liebevoll und aufopferungsbereit. Meine sexuelle Orientierung passt jedoch nicht in ihr christliches Weltbild. Sie schreibt mir nur noch selten.«

»Verstehe. Das tut mir sehr leid, Jamie.«

Ich winke ab. »Es ist, wie es ist. Wir können uns unsere Familie nicht aussuchen.«

Brooks nickt bedächtig. »Setzen wir uns.«

Dankbar folge ich seiner Anweisung und ziehe mir einen Stuhl heran. Während er sich einen Tee zubereitet, packe ich die Reste aus und lade mir einen der Bagels auf den Teller.

»Wie bist du aufgewachsen?«, frage ich, sobald er mir gegenübersitzt. »Du hast nur erzählt, dass du nicht viel Kontakt zu deinen Eltern hast.«

»Stimmt, wir sehen uns eigentlich nur zu meinem Geburtstag. Meine Eltern wollten nie Kinder und ich war quasi ein Unfall, was allerdings härter klingt, als es wirklich war.

Ich wurde von netten Kindermädchen großgezogen und hatte immer alles, was ich brauchte und mehr. Mein Vater ist Schönheitschirurg, meine Mutter Geschäftsführerin eines großen Kosmetikherstellers.«

»Hast du davon dein gutes Aussehen?«, frage ich salopp, was Brooks zum Lachen bringt.

»Könnte man meinen, hm? Aber nein, es ist alles gottgegeben.« Er zwinkert mir spielerisch zu. »Jedenfalls war Geld nie ein Thema und ist es heute nicht. Ich habe einen gut bezahlten Job und meine Eltern überweisen mir monatlich ein Taschengeld. Für sie war Geld immer ein gutes Mittel, um ihr schlechtes Gewissen zu beruhigen, und für mich wurde es zu einer Selbstverständlichkeit.«

Ist es nicht verrückt, wie unterschiedlich ein und dieselbe Sache für uns ist? Brooks muss sich darum keine Gedanken machen und ich denke den ganzen Tag an nichts anderes außer daran, wie ich meine Rechnungen bezahlen kann.

»Genug ernste Themen für heute«, entscheidet Brooks, bevor ich weiter in meiner Gedankenspirale versinke. »Gott, es ist nicht einmal neun Uhr morgens und wir besprechen Dinge, die Inhalt einer Therapie sein könnten.«

Ich schmunzele bei dem Vergleich. Brooks nippt an seinem Tee und sieht sich nachdenklich in der Küche um, als versuche er, sich an etwas zu erinnern. Schließlich grinst er mich an. »Ich habe etwas mit dir vor. Hast du Lust auf ein kleines Abenteuer?«

»Ich weiß nicht«, stolpert es nervös über meine Lippen.

Er hebt eine Augenbraue. »Oder möchtest du noch weg?«

Nein, aber womöglich ändere ich meine Meinung wieder. Gott, es ist so anstrengend, nicht zu wissen, was man will. Wobei, eigentlich weiß ich es ziemlich genau.

Ich will Brooks. So sehr. Und gleichzeitig kann ich nicht glauben und nicht verstehen, was dieser Mann von *mir* möchte.

»Okay, ich kann förmlich sehen, wie viele Gedanken dir gerade durch den Kopf schießen«, sagt Brooks, als ich weiterhin angestrengt schweige. »Hör auf damit. Das muss doch furchtbar anstrengend sein.«

»Du hast ja keine Ahnung«, schnaube ich.

»Spielen wir ein Spiel. Ich will nicht mehr, dass du nachdenkst. Antworte auf meine Fragen, ohne dir den Kopf darüber zu zerbrechen, okay? Lass es einfach raus.«

»Okay«, sage ich zögerlich. Was genau hat er vor?

Brooks runzelt die Stirn. »Du denkst ja schon wieder nach. Einfach antworten, ja?«

Ich nicke gehorsam. Ihm zuliebe kann ich es zumindest versuchen.

»Was ist deine Lieblingsfarbe?«

»Grün.«

»Hund oder Katze?«

»Hund.«

»Strand oder Wald.«

»Strand.«

»Sommer oder Winter?«

»Sommer.«

»Süß oder salzig?«

»Salzig.«

»Was willst du?«

»Dich.« Ich bin selbst überrascht, dass ich es laut ausspreche, und beiße mir sogleich auf die Unterlippe. Brooks hingegen grinst selbstzufrieden.

»Gut«, befindet er. »Dann bleibst du hier und wir lösen einen deiner Wünsche ein.«

»Oh-oh«, murmele ich. »Klingt gefährlich, wenn du das so sagst.«

Brooks' Grinsen wird zu einem lasziven Lächeln. Er lehnt sich in dem Stuhl zurück, neigt den Kopf und mustert mich. »Bereust du inzwischen, mir so viele von deinen schmutzigen Fantasien erzählt zu haben?«

»Ähm. Ein bisschen«, gestehe ich.

»Hast du fertig gefrühstückt?«, hakt er mit Blick auf meinen leeren Teller nach. Ich nicke nur. »Gut, dann komm her.«

Bevor ich wieder zu lange darüber nachdenken kann, stehe ich auf und überbrücke die zwei Schritte Distanz.

»Auf meinen Schoß«, weist er weiter an, als ich unsicher auf der Lippe kaue. Auch jetzt tue ich es einfach, halte mich an seiner Schulter fest und setze mich rittlings auf ihn. Es fühlt sich gut an, als Brooks einen starken Arm um mich schlingt. Wie eine Belohnung.

Er umfasst mein Kinn, sein Daumen streicht über meine Unterlippe. Jede Stelle, die er anfasst, kribbelt wie verrückt. Gerade als ich mich frage, ob er mich so küssen wird wie gestern Abend, tut er es schon.

Ich kann das leise Seufzen kaum zurückhalten, weil es sich so gut anfühlt, auf diese sanfte Weise von ihm berührt zu werden. Es ist so natürlich, ihn zu küssen, als hätte ich mein ganzes Leben nichts anderes getan.

Während seine Zunge noch in meinem Mund ist, schiebt er eine Hand unter meinen Pullover. Ich zucke zurück, als ich seine Finger auf meiner nackten Haut spüre, und unterbreche damit den Kuss. Brooks sieht ganz ruhig zu mir auf, streichelt mich weiter und wartet auf meine Reaktion.

Mein Herz schlägt schneller und lauter als zuvor und ich habe keine Ahnung, was ich jetzt tun soll. Es fühlt sich gut an, aber ich habe nicht damit gerechnet. Auch nicht mit seiner nächsten Frage.

»Kann ich ihn dir ausziehen?«, fragt Brooks. Allein das tiefe, raue Timbre seiner Stimme bringt mich dazu, allem zuzustimmen, was er will.

»Den Pullover?«, frage ich sicherheitshalber.

»Und das Shirt darunter.« Brooks zieht schon daran und ich hebe die Arme, um es ihm leichter zu machen. Erst, als die Kleidungsstücke zu Boden fallen, wird mir bewusst, dass ich quasi halbnackt bin.

Ich halte den Atem an, während Brooks den Blick schweifen lässt. Es ist nicht das erste Mal, dass er mich so sieht, immerhin habe ich ihm einige Bilder geschickt, aber jetzt, wo wir uns so nah sind und uns berühren, ist es etwas anderes.

Wieder umfasst Brooks mein Kinn und dirigiert meinen Kopf, damit er mich besser küssen kann. Meine Lider fallen wie von selbst zu und ich lasse zu, dass er die Kontrolle übernimmt. Es fühlt sich so verdammt gut an, sich hinzugeben.

»Wir wechseln mal kurz die Position«, murmelt Brooks zwischen zwei Küssen und hebt mich hoch, um mich ins Wohnzimmer zu tragen.

Sacht setzt er mich auf der Couch ab und macht sich dann daran, den Kamin anzuzünden. Auf der Unterlippe kauend sehe ich ihm dabei zu, wie er Holz stapelt und bald darauf ein kleines Feuer entfacht. Ich spüre bereits jetzt, wie mir wärmer wird, was weniger an dem Kamin und ganz eindeutig daran liegt, wie heiß Brooks dabei aussieht. Jeder seiner Handgriffe ist so gekonnt und selbstsicher.

Mit einem »Jetzt kann dir nicht kalt werden«, dreht er sich wieder zu mir herum. Er kommt näher, setzt sich aber nicht zu mir, sondern kniet sich vor die Couch. Automatisch richte ich mich weiter auf und spanne mich an.

»Du weißt, dass wir spielen und aufhören, wenn du das möchtest, ja?«

Eine ungewohnte Ruhe überkommt mich bei seiner Aussage. Tatsächlich vertraue ich Brooks, auch wenn es vielleicht dämlich ist. Aber, fuck, es ist *mein Brooks*. Er hat schon in den Chats den Grat zwischen dominant und liebevoll perfekt getroffen.

Brooks betrachtet weiterhin mein Gesicht, während er den Knopf meiner Jeans öffnet und mit den Fingern unter dem Bund entlangstreicht.

Ich zittere ein wenig und mein Herz rast jetzt richtig. Er lässt mich noch ein bisschen länger warten, streichelt über meine Hüftknochen und meinen unteren Bauch.

»Fühlt sich das gut an, Süßer?«, fragt er rau.

Ich nicke nur, weil ich meiner eigenen Stimme im Moment nicht vertraue.

»Bist du hart?«

Als würde er das nicht allzu deutlich merken.

»Beantworte die Frage, mein Schatz.«

Ein ganz neues, warmes Gefühl durchströmt mein Innerstes.

»Ja«, sage ich heiser.

»Heb die Hüften«, weist er mich an. Ich tue wie geheißen und lasse zu, dass er mir die Jeans auszieht. Meine Wangen werden heiß, als Brooks scharf die Luft einzieht.

»Verdammt, Jamie.«

Irgendwie war ich heute früh mutig, als ich in Brooks' starken Armen aufgewacht bin, und habe mich für eine besondere Unterwäsche entschieden.

»Wie ich sehe, hast du die Höschen gefunden, die ich für dich eingepackt habe«, schnurrt er und streicht mit dem Daumen über die schwarze Spitze, die sich über meinen harten Schwanz spannt. Ich erschauere.

Er beugt sich vor und fährt mit den Lippen federleicht die Unterwäsche entlang, über meine Härte. Überrascht stöhne ich auf und strecke mich ihm automatisch entgegen. Das ist so heiß, dass ich fast gekommen wäre. Er müsste nur ein bisschen Druck ausüben ...

»Das steht dir verdammt gut.« Leider entfernt Brooks sich wieder und lässt mich ein wenig verzweifelt zurück. Meine Haut glüht regelrecht. »Eigentlich wollte ich dich nackt herumlaufen lassen, aber ich habe mich umentschieden. *Diesen* Anblick will ich eindeutig den ganzen Tag vor mir haben.«

Oh, ja, ich erinnere mich. Nackt und ihm zu jeder Zeit ausgeliefert zu sein, während er vollkommen bekleidet ist, war eine meiner Fantasien. Ich hätte nur nicht gedacht, dass ich das jemals im echten Leben erleben würde.

Womöglich werde ich es gleich bereuen und Stopp sagen, um dem Ganzen ein Ende zu setzen. Aber jetzt gerade, während er so vor mir kniet und mich mit leuchtenden Augen ansieht, fühlt es sich genauso gut an, wie ich es mir immer ausgemalt habe.

Zugegeben: Ich bin beeindruckt, wie lange Jamie durchhält. Seit dem Frühstück sind bereits ein paar Stunden vergangen und er ist immer noch nackt und schon wieder hart, wenn ich das richtig sehe.

Zum Mittagessen habe ich uns Waffeln zubereitet und Jamie hat seine in Sirup ertränkt, was mir verraten hat, dass er kein Fan davon ist. Jetzt entspannen wir auf der Couch, während im Fernseher ein Weihnachtsfilm nach dem nächsten läuft.

Die Liebeskomödie ist ziemlich vorhersehbar und der Mann neben mir ohnehin um einiges interessanter, weshalb es mir schwerfällt, den Blick von ihm zu nehmen. Er hat sich unter eine dicke Wolldecke gekuschelt und sie bis unters Kinn gezogen. Ich weiß nicht, ob es daran liegt, dass ihm inzwischen wirklich kalt ist oder er es langsam leid ist, nackt herumzulaufen.

Nun, fast nackt. Erneute Lust befeuert meinen Körper, als ich daran denke, wie perfekt dieses Höschen sitzt. Ich könnte ja mal kurz …

Ohne Vorwarnung rutsche ich näher und beuge mich über ihn. Überrascht reißt Jamie den Kopf herum und sieht mit großen Augen zu mir auf.

Lächelnd drücke ich ihm einen flüchtigen Kuss auf die Lippen und drehe dann sein Kinn zurück zum Fernseher.

»Lass dich nicht vom Film ablenken«, weise ich ihn an.

»Was hast du vor?«, fragt er unsicher.

»Nichts, wofür ich deine Erlaubnis bräuchte.« Ich sehe in sein Gesicht, während ich die Worte ausspreche, um seine Reaktion darauf mitzubekommen. Verschiedene Emotionen spiegeln sich in seiner Miene wider, aber keine davon ist Angst oder Panik.

Mit den Lippen fahre ich über seine Wange und den Kiefer. »Du weißt, was du sagen musst, damit ich aufhöre, okay?«, versichere ich ihm. Sein sanftes Nicken daraufhin gibt mir den Startschuss, den ich brauche.

Ich küsse seinen Hals, sauge sacht an der Haut. Genug, um ihn erschauern zu lassen, aber nicht so sehr, um Spuren zu hinterlassen. Mir entgeht nicht, wie Jamie zögert, bevor er sich einen Ruck gibt und einen Arm um meine Schultern schlingt. Seine Finger streichen federleicht über meinen Nacken.

Lächelnd ziehe ich die Decke ein Stück herunter, um einen Teil seiner Brust zu offenbaren.

Seine Nippel sind kleine, harte Knospen, die geradezu darum betteln, berührt zu werden.

Nur allzu gerne umspiele ich sie mit der Zunge, sauge und lecke.

Jamie keucht leise und beginnt, sich zu winden. Ich spüre, wie schnell sein Herz schlägt.

»Halt still, Frechdachs«, befehle ich und ziehe die Decke noch weiter herunter. Ich küsse und lecke über seinen Rippenbogen zu seinem Bauch, bis ich endlich an meinem Ziel ankomme.

Mittlerweile bin ich schon selbst hart, weil er so heiß ist. Diese ganze Situation berauscht mich.

»Brooks«, murmelt Jamie, was mich dazu veranlasst, den Kopf leicht anzuheben und in sein Gesicht zu blicken. Seine Wangen sind gerötet und er atmet schwer. Der schönste Anblick.

»Stopp?«, frage ich sicherheitshalber. Gott sei Dank schüttelt er den Kopf.

»Aber ich brauche mal eine Pause«, murmelt er.

Ich schmunzele. »Was, damit du dir auf der Toilette einen runterholen kannst?«

Er beißt sich auf die Unterlippe, was mir verrät, dass ich goldrichtig lag.

»Nein, vergiss es. Deine Orgasmen gehören mir. Und du auch«, raune ich und streiche mit einer Hand über die Spitze und seinen harten Schwanz darunter.

Überrascht stöhnt Jamie auf und beugt den Rücken, um sich mir entgegenzustrecken. Es wäre so verführerisch, ihm die Unterwäsche endlich auszuziehen und die Sache zu Ende zu bringen, aber ich will diesen Anblick noch ein wenig länger auskosten.

Ich beginne, mit den Lippen seine Härte zu liebkosen, schmecke seinen Vorsaft auf der Spitze, spüre sein Pulsieren, seine Lust, seine Hingabe.

Das hier ist besser, intensiver und erotischer als jede Fantasie, jedes ausgetauschte Wort. Es versetzt mich in einen Zustand aus Ekstase und Verlangen, den ich noch nie verspürt habe. Selbst beim Sex mit anderen Männern nicht. Jamie hat einfach etwas an sich, das mich dazu bringt, zu kapitulieren.

Ich will seine Unschuld, seine Unterwürfigkeit, seine dunkle Seite. Sein freches Mundwerk und die tiefen, sehnsuchtsvollen Blicke. Alles.

Als ich den Druck meiner Lippen erhöhe, mit den Fingern unter die Spitze gleite und es für ihn zu Ende bringe, fühlt es sich für mich befriedigender an als ein eigener Orgasmus. Sein Saft benetzt das Höschen, ich schmecke ihn dort, streichele beruhigend seine Haut und halte ihn fest, bis er aufhört zu zittern.

Nachdem er sich gefangen hat, lacht er befreit auf, streckt die Arme über den Kopf und seufzt zufrieden, während ich noch zwischen seinen Beinen knie und ihn betrachte. Sein Atem geht allmählich wieder ruhiger und seine Muskeln lockern sich.

Gerade will ich ihm die Unterwäsche ausziehen, um ihn komplett nackt vor mir zu haben, als ein Klopfen durch unsere Hütte dringt. Jamie zuckt zusammen und hebt sogleich den Oberkörper an.

»Wer ist das?«, fragt er atemlos.

»Moment, ich sehe schnell mit meinem Röntgenblick durch die Tür.« Seinem empörten Schnauben nach zu urteilen ist er kein Fan von meinem Sarkasmus. Ich lache leise und löse mich von ihm.

»Warte hier, mein Schatz, ich sehe nach«, schlage ich vor und stelle mich auf die Füße. Bevor ich das Wohnzimmer verlasse, schnappe ich mir die Decke vom Boden und breite sie über Jamie aus.

»Danke«, murmelt er mit einem vorsichtigen Lächeln.

Als ich die Tür öffne und einem älteren Mann gegenüberstehe, kann ich sein Gesicht im ersten Moment nicht zuordnen.

»Hallo«, sagt er freundlich. »Ist Jamie auch da?«

»Wer will das wissen?«, frage ich argwöhnisch.

»George. Mir gehört die Hütte da unten.« Er macht eine vage Handbewegung hinter sich.

Ah, jetzt erinnere ich mich. Ich bin ihm begegnet, als ich mich an unserem ersten Abend auf die Suche nach Jamie begeben habe. Das ist also Jamies neuer Freund.

»Hallo, George. Ich bin Brooks.«

Er schüttelt meine ausgestreckte Hand und fragt erneut: »Wo ist Jamie?«

Ich lehne mit der Schulter gegen den Türrahmen. »Er ist gerade beschäftigt.« Normalerweise würden meine Manieren mich dazu bringen, ihn hereinzubitten und eine Tasse Tee anzubieten, aber nicht, wenn mein Junge halbnackt und noch mit seinem Sperma bedeckt im Wohnzimmer auf mich wartet. Das hat gerade oberste Priorität.

George runzelt missbilligend die Stirn. »Tut mir leid, Brooks, aber der Junge ist zweimal vor dir abgehauen. Du verstehst sicher meine Besorgnis, weswegen ich darauf bestehen muss, persönlich mit ihm zu sprechen.«

Amüsiert hebe ich eine Augenbraue. Hält er mich etwa für gefährlich? Das muss ich meinen Freunden erzählen, sie würden sich kaputtlachen. Ich muss jedoch zugeben, dass ich Georges Intention schätze. An seiner Stelle wäre ich vermutlich auch misstrauisch.

»Ich kann Ihnen versichern, dass es Jamie gut geht, und morgen wird er Sie sicher gerne selbst besuchen, aber im Moment passt es gerade nicht«, sage ich erneut.

George kneift die Augen zusammen. »Das kann ich so leider nicht akzeptieren. Ich werde wohl den örtlichen Sicherheitsdienst informieren müssen.«

Das ist doch nicht sein Ernst ...

Bevor die Sache tatsächlich eskalieren kann, schlittert Jamie atemlos in den Flur und drängt sich an mir vorbei. Er ist inzwischen wieder angezogen, seine Haare sind auf niedliche Weise zerzaust und seine Wangen gerötet.

»Hi, George. Gott, bitte ruf nicht die Polizei, mir geht es gut.« Er grinst schief und George atmet erleichtert aus.

»Schön zu sehen, dass du noch lebst, Jungchen«, scherzt er und greift in seinen Beutel. »Ich habe dir das Zucchinibrot mitgebracht, von dem ich dir erzählt habe.«

Jamie sieht über die Schulter bittend zu mir und ich verstehe, was er möchte.

»Kommen Sie doch rein«, schlage ich vor. Jetzt, wo Jamie angezogen ist, können wir auch Gäste empfangen. »Dann können wir uns besser kennenlernen, damit Sie sehen, dass Jamie in guten Händen ist.«

»Das beurteile ich«, brummt George, nimmt das Angebot aber an und schüttelt den Schnee von seinem Mantel, bevor er eintritt.

Nach ein paar Stunden Aufwärmzeit und ein paar Gläsern von dem Pfefferminzschnaps, den George mitgebracht hat, vergeht die anfängliche Abneigung und wir verstehen uns prächtig. Er hat eine Menge interessanter Geschichten auf Lager.

Es ist schon spät, als er sich verabschiedet, weswegen Jamie und ich ihn zur Hütte bringen und einen kurzen Schneespaziergang auf dem Nachhauseweg machen. In der Ferne ist zu sehen, dass einige der Nachbarhütten herrlich bunt dekoriert sind. Das erinnert mich wieder daran, dass in wenigen Tagen bereits Weihnachten ist. Die Vermieterin hat mich darüber informiert, dass in dem Wandschrank reichlich Dekoration zur Verfügung steht.

Das sollten wir uns morgen mal ansehen.

»Bist du sauer auf mich?«, fragt Jamie unvermittelt, als wir an unserer Hütte ankommen. Der Abend ist kalt, aber der Sternenhimmel einmalig, weswegen wir uns auf die Hollywoodschaukel auf der Veranda setzen.

Ich reiße den Blick vom Himmel los und sehe in Jamies Gesicht. »Wieso sollte ich?«

Er kaut schon wieder auf seiner Unterlippe. »Wir wurden vorhin unterbrochen.«

»Was denkst du, wäre passiert, wenn wir nicht unterbrochen worden wären?«

Daraufhin schweigt er eine Weile. »Keine Ahnung«, gesteht er schließlich.

»Es ist auch nicht deine Aufgabe, das zu wissen.« Ich greife nach seiner Hand und küsse den Handrücken. Jamie beobachtet mich misstrauisch. »Überlass es mir, zu planen, was wir machen und wie schnell wir dabei sind. Dein Job ist es nur, Stopp zu sagen, wenn es dir zu viel wird, okay?«

Er nickt zögerlich, dann seufzt er laut und lehnt sich zurück. »Das ist schön«, murmelt er.

»Der Sternenhimmel?«, rate ich, da sein Blick in die Ferne schweift.

Doch Jamie schüttelt den Kopf. »Die Kontrolle abzugeben.« Seine Stimme wird ganz leise. »Und du. Du bist auch schön.«

Mein Herz macht komische Sachen bei seinen unerwarteten Worten. Das alles fühlt sich gerade zu gut an, um wahr zu sein. Da ist so viel Frieden und Vorfreude in meinem Inneren, dass ich es gar nicht abwarten kann, den nächsten Tag mit ihm zu erleben.

Kapitel 15: Tiefen

Jamie

Auch am nächsten Morgen wache ich in Brooks' Armen auf. Ich hätte niemals gedacht, dass sich Kuscheln so gut und geborgen anfühlt. Es macht mir nicht einmal etwas aus, dass seine Körpertemperatur bei gefühlt tausend Grad liegt und er mich so fest hält, dass ich mich kaum bewegen kann.

»Guten Morgen«, raunt er mir ins Ohr. Seine Hand kämpft sich durch die Schichten an Decken und Klamotten, bis er über meine nackte Haut streicheln kann. Ich drücke mich automatisch enger an ihn und stoße ein zufriedenes Seufzen aus. Können nicht alle Morgen so perfekt beginnen?

»Wieso hast du dich nochmal angezogen?«, grummelt Brooks.

Ich lache leise. »Weil wir Besuch bekommen haben.«

»Mhm, richtig. Ich sollte dich wieder nackt herumlaufen lassen. Das hat mir gefallen.«

Mein Herz schlägt ein wenig schneller bei seinen Worten. Ich winde mich in seiner Umarmung, bis ich ihm ins Gesicht sehen kann. Er ist absolut hinreißend so früh am Morgen, anders kann ich es nicht sagen.

Seine grünen Augen leuchten heller als sonst, seine Haare sind zerzaust und dieser halb verschlafene, halb schelmische Ausdruck ist das Highlight meines Morgens.

»Wirst du es tun?«, frage ich leise. Es war definitiv eine neue Erfahrung, die zwischendurch überfordernd, aber vor allem aufregend und erregend war. Wenn ich nur daran zurückdenke, wie er es geschafft hat, mich innerhalb kürzester Zeit zum Orgasmus zu bringen, werde ich schon wieder hart. Ich hätte nichts dagegen, das zu wiederholen.

»Vielleicht.« Brooks beugt sich vor und haucht mir einen Kuss auf die Lippen. »Aber zuerst wirst du dich umziehen müssen, denn wir gehen frühstücken.«

Überrascht hebe ich eine Augenbraue. »Tatsächlich?«

»Jap. Ich habe von Zimtschnecken geträumt und brauche unbedingt Nachschub.« Noch ein flüchtiger Kuss. »Ich gehe zuerst ins Bad, bleib du solange liegen.«

»Geht klar.«

Ich sehe ihm nach, wie er aus dem Raum verschwindet, bevor ich mir mein Handy schnappe. Überrascht stelle ich fest, dass ich eine Nachricht von Sue habe. Sie fragt nach, wie es mir geht und ob ich klarkomme.

Zuerst erwäge ich, ihr gar nicht zu antworten, doch das kommt mir gemein vor. Immerhin sind wir so etwas wie Freunde. Zumindest aber Mitbewohner und Kollegen und ich will nicht, dass sie wegen mir ein schlechtes Gewissen hat.

Ich habe keine Lust, ihr die ganze Geschichte zu erzählen, weshalb ich nur erwähne, dass ich vorerst woanders untergekommen bin und es mir gut geht. Das erinnert mich unweigerlich daran, dass Brooks' und meine Zeit in dieser Hütte ein Ablaufdatum hat und ich irgendwann in meine Wohnung zurückkehren muss. Dieses Abenteuer hier dauert schließlich nicht ewig.

Brooks wird Weihnachten sicher mit seinen Freunden verbringen wollen, während ich ...

Ich verbiete mir die niederschmetternden Gedanken und verdränge das, was noch kommt. Fürs Erste bin ich hier.

Brooks besteht darauf, selbst zu fahren, weshalb ich ihm den Weg zu *Littles Bakery* weise. Es ist genauso voll wie gestern um diese Uhrzeit, aber wir bekommen dennoch einen Tisch. Brooks bestellt für uns, ohne mich zu fragen. Mir soll es recht sein, er wird schon das Richtige aussuchen.

»Wie hast du geschlafen?«, fragt Brooks, als sich Stille über uns senkt.

Blinzelnd wende ich meinen Blick vom Fenster ab und sehe zu ihm. »Gut«, sage ich knapp. »Und du?«

Er neigt den Kopf. »Du wirkst bedrückt«, bemerkt er, ohne auf meine Frage einzugehen. »Ist etwas vorgefallen?«

»Nein. Es ist alles gut«, erwidere ich schnell. Die düsteren Gedanken an die Zukunft nehmen mich doch mehr mit, auch wenn ich versuche, mir nichts anmerken zu lassen. Das ist mir offenbar nicht gelungen.

»Bin gleich wieder da«, entschuldige ich mich und stehe auf, bevor Brooks reagieren kann. Ich folge der Beschilderung zu den Toiletten. Eigentlich muss ich gar nicht, aber es ist eine willkommene Ablenkung, damit Brooks nicht weiter bohrende Fragen stellen kann.

Es gibt zwei separate Badezimmer, ich schließe mich in einem ein und lasse warmes Wasser über meine Hände fließen. Mein Blick gleitet automatisch zu dem Spiegel und ich betrachte mich selbst. Ich sehe mich selten im Spiegel an, aber seit Brooks mich quasi dazu gezwungen hat, komme ich nicht umhin, es öfter zu tun. Wie ich wohl aus seinen Augen aussehe?

Als es an der Tür klopft, zucke ich zusammen. Eilig drehe ich das Wasser ab und trockne meine Hände, bevor ich das Schloss entriegele und die Tür aufziehe.

Perplex stolpere ich zurück, als ich Brooks gegenüberstehe, der mich nach hinten drängt und zu mir ins Bad tritt.

»Was hast du vor?«, frage ich mit einem nervösen Lachen.

Er fackelt nicht lange, verriegelt die Tür wieder und zieht mich zu einem hitzigen Kuss heran. Oh, fuck. Hilflos greife ich nach seiner Hand, die an meiner Wange liegt. Aber nicht, um ihn wegzuschieben, sondern um mich irgendwo festzuhalten und ihn zu berühren.

Nur allzu gerne neige ich den Kopf weiter und lasse zu, dass er sich nimmt, was er will. Es ist so heiß, wie dominant und fordernd seine Zunge in meinen Mund dringt, ganz anders als unsere ersten, sanften Küsse.

Brooks drängt mich ein paar Schritte zurück, legt die Hände auf meine Hüften und hebt mich aufs Waschbecken. Scharf ziehe ich die Luft ein.

»Brooks, wir machen das Ding kaputt«, keuche ich, fühle mich aber nicht dazu in der Lage, ihn wegzuschieben.

Es ist so heiß, wie seine Bartstoppeln über meine Haut kratzen, als er meinen Hals küsst.

»Lass das meine Sorge sein«, raunt er mir zu. »Besser noch: Lass *alles* meine Sorge sein.«

Dieser Gedanke ist himmlisch.

Stöhnend lege ich den Kopf in den Nacken und fahre mit den Fingern durch sein Haar, bringe es noch ein bisschen mehr durcheinander. Er öffnet meinen Gürtel und den Knopf meiner Jeans, bevor er mich zurück auf die Füße stellt und auf die Knie geht.

»Brooks, willst du wirklich ...« Er hat mir Hose und Unterwäsche schon heruntergezogen und streichelt meinen harten Schwanz, bevor ich den Satz beenden kann. Ich verschlucke mich beinahe an den Worten, als er mich ohne große Umschweife in den Mund nimmt.

Ich stöhne erneut, woraufhin Brooks den Kopf zurückzieht und mich anfunkelt. »Ruhig, Frechdachs. Sonst kann ich nicht weitermachen.«

Ich beiße mir in die Hand, um keinen Mucks mehr zu machen, während er damit fortfährt, meine Härte zu lecken und zu küssen. Genießerisch schließe ich die Augen und kralle mich an das Waschbecken hinter mir, um mich irgendwo festzuhalten.

Schon das, was Brooks gestern mit mir getan hat, erschien mir wie das ultimative an Lust, aber mein Gott, das war nichts im Vergleich hiermit. Die Art, wie warm und heiß sich sein Mund um meinen Schwanz schmiegt, ist pure Perfektion. Ich komme innerhalb von Minuten, was sicher ein neuer Rekord sein muss.

Alles in mir kribbelt und vibriert noch, als Brooks sich wieder aufrichtet. Zum Glück schlingt er die Arme um mich und hält mich fest, denn allein würden meine Beine mich sicher nicht tragen. Dankbar schmiege ich die Wange an seine Brust und komme allmählich wieder zu Atem.

»Du wirst jetzt wie ein braver Junge durch die Tür zu unserem Tisch gehen, deinen Kaffee trinken und dir nichts anmerken lassen, okay?«, flüstert er mir zu. »Und ich komme in zwei Minuten nach.«

Ich weiß nicht, ob ich es überhaupt schaffe, geradeaus zu gehen, aber für Brooks werde ich das hinkriegen.

»Ja, Sir.«

Das Frühstück verläuft tatsächlich gut und harmonisch, auch wenn ich das Gefühl habe, dass uns jeder anstarrt und ahnt, was wir in der Toilette getrieben haben. Aber zumindest bekommt Brooks seine Zimtschnecke und ich meinen Kaffee.

Wir beschließen, das Auto stehen zu lassen und einen Spaziergang durch das Resort zu machen.

»Da oben ist unsere Hütte«, bemerke ich und deute auf den Fleck weit oben.

»Stimmt. Sie sieht so winzig von hier unten aus.« Ganz selbstverständlich greift Brooks nach meiner Hand und zieht mich näher zu sich. Ein warmes Gefühl durchströmt mich. Ich hätte nicht damit gerechnet, dass er sich öffentlich mit mir zeigen will. Andererseits kennt ihn hier sowieso keiner, also kann es ihm auch egal sein.

»Wieso hast du dich eigentlich für dieses Resort entschieden?«

»Ich habe es spontan auf Google gefunden und es hat mich sofort angesprochen. Wichtig war nur, dass es nicht allzu weit entfernt von dir liegt.« Er lächelt mich schief von der Seite an. »Für den unwahrscheinlichen Fall, dass du keine Lust hast, dir vierzehn Tage lang die Hütte mit einem praktisch Fremden zu teilen und zurück nach Hause möchtest.«

Ich lache auf. »Es war ein riskantes Manöver, das muss ich dir schon lassen.«

»Es hat geklappt, oder nicht?«

»Wie man es nimmt.«

Brooks schnaubt. »Ich erinnere mich an eine Szene vorhin im Bad, die das sehr gut beweist. Ich habe hoch gepokert und gewonnen.«

Irgendwie schmeichelhaft, dass er das so sieht. Betrachtet er mich wirklich als *Gewinn*, obwohl ich es ihm so schwer mache? Gott, wie bin ich nur an einen Mann wie ihn gekommen? Er ist zu perfekt, um wahr zu sein.

Mein Lächeln vergeht, als ich den Blick über die schneebedeckte Landschaft gleiten lasse. Von hier aus kann man die Pisten sehen, es sind schon etliche Leute auf Skiern unterwegs. Die malerischen Berge und der strahlend blaue Himmel könnten auch aus einer Postkarte stammen.

Das alles hier ist wie ein Fiebertraum, eine ferne Fantasie, so fernab von meinem normalen Leben, dass es mir schwerfällt, es zu greifen. Ich wünschte, wir hätten mehr als nur zwei Wochen Zeit miteinander.

Brooks stößt mich mit der Schulter an. »Was hat dich heute Morgen in schlechte Laune versetzt?«, hakt er nach.

»Nichts«, weiche ich aus. »Es war alles gut. Ich habe nur Koffein gebraucht.«

»Jetzt hast du Koffein intus und trotzdem sehe ich, dass dich etwas beschäftigt«, hält Brooks dagegen. »Sprich mit mir, mein Schatz. Ich will wissen, was du denkst.«

Seine Hartnäckigkeit frustriert mich, denn ich habe keine Lust, darüber zu reden. Ich wüsste nicht einmal, wie ich es in Worte formulieren soll.

»Jamie.« Brooks hält an und zieht an meiner Hand, damit ich ihn ansehe. Auf seiner Stirn hat sich eine Sorgenfalte gebildet. »Bitte.«

Dieses eine Wort bringt meine Mauern zum Bröckeln und ich gebe nach. »Ich habe nur daran gedacht, dass unsere Zeit ein Ablaufdatum hat«, erzähle ich ihm. »Und danach werden wir uns vermutlich nie wiedersehen und auch nie wieder miteinander schreiben, weil es zu schmerzhaft ist, in Kontakt mit dir zu bleiben, ohne dich wirklich jemals zu haben.«

Brooks presst die Lippen zusammen und schweigt eine Weile. »Jetzt bin ich auch deprimiert«, murmelt er.

Ungewollt muss ich lachen, trete näher an ihn heran und atme seinen herben Duft ein. Ich sehe in seine Augen. »Tut mir leid.«

»Wir sollten die Zeit genießen, die wir jetzt gerade miteinander haben«, schlägt er vor.

Ich nicke. »Ich versuche es.«

»Ich ebenfalls.«

Brooks

Nach dem Frühstück und dem langen Schneespaziergang mache ich mich daran, die Dekoration zu suchen, die ich schließlich in einer verstaubten Ecke in einem Karton finde. Ich bringe ihn zu Jamie ins Wohnzimmer, der sich gerade einen zweiten Kaffee genehmigt.

»Ist so viel Koffein gut für deinen Körper?«, frage ich zweifelnd.

Er rollt unübersehbar mit den Augen. »Schon gut, *Dad*, das ist mein letzter für heute.«

Ich halte in meiner Bewegung inne, lasse den Karton zu Boden gleiten und drehe mich vollends zu ihm herum. »Spricht man so mit seinem Dom?«

»Ich weiß nicht. Bist du denn mein Dom?« Jamie beißt sich sogleich auf die Lippe, als habe er die Worte nicht laut aussprechen wollen.

»Ich habe deinen Geschmack noch auf der Zunge, Süßer«, erinnere ich ihn und überbrücke die Distanz zwischen uns. Er setzt die Tasse ab und stellt sich auf die Füße, das Kinn erhoben, um mir in die Augen zu sehen. Ich mag sehr, wie frech er mich anfunkelt.

»Tatsächlich?«

Ich schiebe gröber als sonst eine Hand in seinen Nacken und ziehe ihn zu einem Kuss heran. Ebenso stürmisch und roh wie vorhin auf der Toilette, bis Jamie leise keucht.

»Ich hätte nichts dagegen, auch deinen Geschmack auf der Zunge zu haben«, murmelt er mit halb geschlossenen Lidern.

Ein Grinsen verzieht meine Mundwinkel. »Meinen Schwanz musst du dir erst verdienen, Frechdachs«, gebe ich zurück. Die Wahrheit ist eher, dass ich es langsam mit ihm angehen will und allzu gerne dabei zusehe, wie er sich in seiner Lust verliert.

Jamie grummelt leise. »Und wie stelle ich das an?«

»Ein Anfang ist, in meiner Gegenwart nicht ständig die Augen zu verdrehen«, erwidere ich. »Und einen respektvolleren Ton könntest du dir auch angewöhnen.«

»Okay, Sir.« Voller Unschuld sieht er zu mir auf. »Ich werde mir Mühe geben.«

Ich ziehe ihn näher und drücke ihm einen Kuss auf die Stirn. Zwar mag ich dieses kleine Spiel zwischen uns, das auch in den Chats immer wieder aufkam, aber er soll wissen, dass wir jederzeit aus der Szene schlüpfen können. Genauso wie Jamie nicht wirklich ein Sub ist, bin ich nicht wirklich ein Dom.

Es sind Rollen, die wir gelegentlich annehmen und wieder ablegen können.

»Was hast du da eigentlich mitgebracht?«, wechselt Jamie das Thema und schielt zu dem Karton.

Richtig, das hätte ich fast vergessen. Ich drehe mich herum und hieve die Kiste auf das Sofa, damit wir einen Blick hineinwerfen können. »Weihnachtsdekoration«, erkläre ich. »Hast du Lust, die Hütte zu dekorieren?«

Jamie späht hinein und zieht einen kleinen Engel heraus, der wohl auf die Spitze eines Weihnachtsbaums gehört. »Ich habe nie dekoriert. Früher hatten wir daheim nur einen schlichten Weihnachtsbaum, der bis zum Valentinstag in unserem Wohnzimmer stand, bis er alle Nadeln verloren hat.«

»Ehrlich gesagt habe ich mich nie darum gekümmert, über Weihnachten die Wohnung zu schmücken«, gestehe ich. »Ich hatte einfach keine Zeit und war ohnehin nicht oft daheim. Letztes Jahr habe ich bei Trevor und Ramon gefeiert, die beiden verwandeln ihr Haus regelmäßig in ein Winter Wonderland.«

»Hast du Bilder von deinen Freunden? Ich würde sie gerne sehen.«

»Klar, Moment.« Ich lasse ihn kurz allein, um mein Handy zu holen.

Auf dem Weg zurück ins Wohnzimmer suche ich ein Gruppenbild heraus, das erst ein paar Monate alt ist.

»Wow«, kommentiert Jamie, als er es betrachtet. »Ihr seht aus wie diese Freundesgruppe aus *How i met your mother*. Habt ihr auch alle miteinander geschlafen?«

»Nein«, lache ich. »Na ja, ich habe zumindest mit keinem meiner Freunde geschlafen.«

Schmunzelnd gibt er mir mein Telefon zurück. »Fangen wir dann an?«

Ich greife ohne hinzusehen in die Kiste und ziehe eine verhedderte Lichterkette heraus. »Kann ja nicht so schwer sein, oder?«

Ramon wäre stolz auf mich, könnte er das sehen. Oder auch nicht.

Dekorieren hat sich als viel zeitaufwändiger herausgestellt, als ich mir jemals hätte ausmalen können. Ich habe schon gefühlte Stunden gebraucht, um die ganzen Lichterketten zu entwirren. Jamie war keine große Hilfe, er hat bereits nach einer halben Stunde vorgeschlagen, dass wir die Flinte ins Korn werfen und einfach eine *Winterlandschaft* über YouTube laufen lassen.

Aber es passiert etwas Überraschendes, als es allmählich dunkel draußen wird, wir die großen Lichter ausschalten, die Lichterketten aktivieren und alle vorhandenen Kerzen anzünden. Es wird richtig magisch.

»Das hast du gut hinbekommen«, gibt sogar Jamie zu, als wir gemeinsam auf die Couch fallen.

»Danke, ich bin auch wahnsinnig stolz auf mich.«

Jamie lacht leise und kuschelt sich an meine Seite. Das warme Gefühl in meiner Brust verstärkt sich, ich lege einen Arm um ihn und ziehe ihn näher zu mir heran.

»Kann ich dich etwas fragen, Jamie?«

»Hm? Klar.«

»Wieso hast du Chicago nie verlassen?«

Daraufhin schweigt er eine Weile. »Es ist meine Heimat«, fängt er vorsichtig an. »Wieso sollte ich wegziehen?«

»Du hast erzählt, dass du wegen der Sachen, die dein Dad gemacht hat, einen schlechten Ruf hast und trotz Collegeabschluss keinen Job in deiner Branche findest. Wäre es nicht leichter, in einen anderen Bundesstaat zu ziehen und neu anzufangen? Dein Bruder ist immerhin auch weggezogen, nicht wahr?«

Wie ich herausgehört habe, hat er ohnehin keinen guten Kontakt zu seiner Familie und nicht viele Freunde, die ihn in Chicago halten. Warum also bleibt er?

Jamies Stimme ist ganz leise, als er antwortet: »Mein Bruder ist schon weggezogen, bevor mein Vater pleite gegangen ist. Er ist schlauer und mutiger als ich es bin.«

Das glaube ich kaum, doch ich befürchte, dass Jamie das nicht hören will.

»Außerdem: Wo soll ich hin?«, führt er weiter aus. »Ich kenne nichts anderes.«

Komm mit nach New York. Die Worte liegen mir auf der Zunge, aber ich spreche sie nicht aus. Natürlich nicht, denn das ist verrückt, oder? Noch verrückter sogar, als achthundert Meilen mit dem Auto zu fahren, um eine Internetbekanntschaft zu treffen.

Aber nun, wo dieser Gedanke in meinem Kopf ist, werde ich ihn schwer wieder los. Es wäre absolut fantastisch, wenn ich ihm die Stadt, meine geliebte Heimat, zeigen könnte, in all ihren Facetten.

Gott, allein die Vorstellung ist lächerlich. Ich kann diesen Jungen nicht aus seinem Leben reißen und ihn mit in meins nehmen. Ich meine ... außerhalb dieses Zwangsurlaubs habe ich nicht einmal Zeit für ihn.

Die Sache ist nur, dass mich der Gedanke daran, dass wir uns bald schon wieder voneinander verabschieden müssen, ziemlich runterzieht.

Ich drehe mich in seine Richtung, neige den Kopf und streife mit der Nase über seine Wange. Zumindest ist er jetzt hier bei mir und ich will die Zeit mit ihm genießen, wie ich es ihm selbst gepredigt habe.

»Hast du Lust, etwas Neues auszuprobieren?«, raune ich ihm zu. Er erschauert leicht, als meine Worte auf seine Haut treffen.

»Ja«, sagt er nach kurzem Zögern.

Sehr gut. »Steh auf und zieh die Klamotten aus. Aber langsam, damit ich die Show genießen kann.«

Jamie hält inne, bevor er sich aufrichtet und meinem Befehl Folge leistet. Ich beobachte ihn dabei, wie er sich den Pullover über den Kopf streift, den Knopf der Jeans öffnet und auch diese loswird. Leider trägt er heute schlichte Boxershorts, die zwar hübsch an ihm aussehen, aber nicht meine Aufmerksamkeit fesseln.

Jamie zittert ein wenig, als er ganz nackt ist, und ich weiß, dass es nicht an der Kälte liegt. Er hat den Kopf gesenkt und wartet darauf, was als Nächstes passiert.

»Gott, bist du schön«, entfährt es mir. Jetzt, im Kerzenlicht gesehen, ist er sogar noch verführerischer als vorhin im harschen Licht der Restauranttoilette.

Allein die sanfte Linie seines Kiefers und die geschwungenen Lippen sind pure Sünde. Seine schmalen Schultern, die feinen Linien auf seinem Bauch, das sexy V und die Spur dunkler Haare von seinem Bauchnabel aus ... ich werde mich niemals an ihm sattsehen. Zumindest nicht in den nächsten zwei Wochen.

Ich rutsche bis an die Kante, umfasse seine Hüften und ziehe ihn näher zu mir heran, um ihm sanfte Küsse auf den Bauch zu hauchen. »Wirst du ein guter Junge sein?«, frage ich raunend.

»Ja.« Seine Stimme bebt ein bisschen.

»Wirst du mir gehorchen?«

»Ja«. Nur noch ein Wispern.

»Wirst du mir sagen, wenn ich aufhören soll?«

»Ja«, verspricht er.

Sehr gut.

»Geh ins Schlafzimmer und hol aus meiner Tasche Gleitgel und einen Plug. Such einen aus, der dir gefällt.«

Jamie zögert nicht und läuft direkt los. Entspannt seufzend lehne ich mich wieder zurück und lockere meinen Gürtel. Wird vermutlich gleich etwas eng, aber ich habe nicht vor, Jamie heute Abend zu nehmen. Ich muss mich noch ein bisschen länger gedulden, doch das wird es definitiv wert sein.

Gute zwei Minuten später kehrt Jamie zurück und übergibt mir brav beide Utensilien. Er hat sich für einen schwarzen Analplug mit Vibrationsfunktion entschieden, der ihm schon bekannt sein dürfte. Ein ähnliches Exemplar habe ich ihm mal auf dem Postweg zukommen lassen und es über mein Handy gesteuert.

»Du warst lange weg«, bemerke ich.

Jamie verschränkt unschuldig die Hände hinter dem Rücken. »Sie haben eine große Auswahl mitgebracht, Sir.«

Grinsend klopfe ich auf meinen Schoß. »Leg dich zu mir.«

Zwar ist Jamie auf dem Papier noch Jungfrau, aber ich weiß zumindest, dass er nicht allzu unerfahren ist, was Analsex und Toys angeht.

Jamie lässt sich nicht lange bitten, klettert zu mir auf die Couch und legt sich über meinen Schoß. Ich mag es sehr, wie angenehm sein Gewicht auf mir lastet. Bedächtig fahre ich mit den Händen über seinen Rücken, streichele und massiere seine nackte Haut, bevor ich weiter tiefer zu seinem Hintern komme. Ich schlucke trocken, weil mir gerade bewusst wird, dass es das erste Mal ist, dass ich ihn so berühre.

Das ist ein verdammtes Privileg.

Ich lasse mir Zeit, seine Backen zu kneten und ihn mit meinen Fingern zu erkunden.

Als ich ihm probehalber einen leichten Klaps verpasse, zuckt Jamie zusammen. Ich spüre jedoch, wie hart sein Schwanz wird, als er sich gegen meinen Oberschenkel reibt. Meine Hand hinterlässt einen herrlich roten Abdruck, der schnell wieder verschwindet.

»Heute kein Spanking für dich, Frechdachs«, murmele ich. Angesichts seiner Reaktion sollten wir das jedoch auf die Liste setzen. Ich greife nach dem Gleitgel und nehme eine gute Menge davon. Mit feuchten Fingern umkreise ich sein Loch, was ihn dazu veranlasst, stöhnend den Kopf im Kissen zu vergraben.

»Öffne dich für mich, Süßer«, bitte ich ihn und dränge mit der anderen Hand seine Schenkel auseinander. Er geht sofort darauf ein, spreizt die Beine und reckt mir seinen Hintern entgegen. Gott, ist das perfekt. Sein kleines, enges Loch fühlt sich so gut um meinen Finger an. Ich reize ihn damit, schiebe ihn etwas hinein und wieder heraus, bis der Widerstand geringer wird und ich ganz in ihn eindringen kann.

Jamie stöhnt erneut und reibt sich gegen meinen Oberschenkel.

»Gefällt dir das?«, frage ich unnötigerweise.

»Ja, Sir«, wimmert er.

»Mir auch.« Leise lache ich. »Aber das merkst du, nicht wahr?

So, wie du auf mir liegst, spürst du jeden Zentimeter meines harten Schwanzes.«

»Ja«, keucht er. »Es ist … fuck.« Ich nehme einen zweiten Finger hinzu, was offenbar irgendwie mit Jamies Sprachzentrum verknüpft zu sein scheint, denn er bringt seinen Satz nicht mehr zu Ende.

Heilige Scheiße, hätte ich gewusst, wie sehr er darauf steht, hätte ich damit angefangen. Es ist heiß, dabei zuzusehen, wie sein Körper nachgibt und sich unterwirft, jedes Mal aufs Neue, wenn meine Finger in ihn eindringen.

Ich lasse mir Zeit, bis ich merke, dass er hart an der Grenze ist. Dann greife ich nach dem Toy und führe den Plug ein. Jamies Muskeln versteifen sich und er hält den Atem an. Ich kann mir gut vorstellen, wie jetzt leichte Schmerzen durch seinen Körper pulsieren, die mit der Lust Hand in Hand gehen.

»Brooks …«

»Zu viel?«

»Nein. Doch. Keine Ahnung«, murmelt er.

Ich beuge mich vor und küsse seinen Hals, sauge sacht an seiner Haut und lenke ihn damit ab, bis der Plug ganz in ihm steckt.

»Guter Junge«, lobe ich. »Scheiße, sieht das heiß aus. Beweg dich mal.«

Er lacht ein wenig verzweifelt auf. »Ich kenne nicht einmal mehr meinen Namen und du willst, dass ich mich bewege?«

Ich grinse und greife nach meinem Handy, um die App zu aktivieren. Sobald das erste Vibrieren tief in Jamie losgeht, spült der Orgasmus in voller Geschwindigkeit über ihn hinweg. Stöhnend und keuchend windet er sich auf meinem Schoß, schreit ins Kissen und zittert dann noch eine ganze Weile.

»Scheiße. Sorry. Fuck«, murmelt er und richtet sich auf. Ein erneutes Stöhnen entkommt ihm, als er dabei das Spielzeug merkt. »Ich habe dich dreckig gemacht.«

Ich ziehe ihn zu einem Kuss heran. Jamie geht darauf ein und empfängt bereitwillig meine Zunge. Ich greife zwischen uns und nehme etwas von seinem Sperma, das auf seinen nackten Bauch gespritzt ist.

Jamie sieht mich mit großen Augen an, als ich den Finger zu seinen Lippen führe. Er lässt zu, dass ich ihn ihm in den Mund schiebe, und saugt daran, schmeckt sich selbst.

»Dafür brauchst du dich nicht entschuldigen«, erwidere ich raunend. »Niemals für deine Lust, die ich dir geschenkt habe.«

»Wirst du dich jetzt auch ausziehen?«, fragt er mit Blick auf die Erektion, die die Jeans kein bisschen vertuschen kann.

»Nein.« Mit einem Lächeln sehe ich auf mein Handy, zu der immer noch geöffneten App. »Heute Nacht werde ich damit erst einmal meinen Spaß haben.«

Jamies Lachen klingt ein wenig verzweifelt. »Die ganze Nacht?«

»Die ganze Nacht, mein Schatz.«

Kapitel 17: Gefühle

Jamie

»Die ganze Nacht, mein Schatz.«

Brooks hat nicht gelogen. Ich schlafe mit einer Erektion ein und wache auf, während ich komme. Als er mir den Plug in den frühen Morgenstunden entfernt, fühlt es sich gut und leer zugleich an. Am besten ist aber, dass er mich danach in eine feste, warme Umarmung zieht.

»Das hast du sehr gut gemacht«, flüstert er mir zu und vergräbt das Gesicht in meinem Nacken. Sein Atem hinterlässt eine Gänsehaut auf meinem ganzen Körper.

Ich will ihm für diese grandiose Erfahrung danken, aber ich bin so müde, dass ich einschlafe, bevor ich das tun kann. Als ich ein paar Stunden später erneut wach werde, hält Brooks mich immer noch fest. Das ist das beste Gefühl der Welt.

»Guten Morgen«, murmelt er.

Brummend reibe ich mir übers Gesicht. »Wie lange bist du schon wach?«

»Eine Weile.« Ich höre das Schmunzeln in seiner Stimme. »Du sahst so süß aus, ich wollte dich nicht wecken.«

Lachend winde ich mich in seiner Umarmung und hebe den Kopf, damit er den Arm unter mir herausziehen kann. Er muss ihm doch inzwischen eingeschlafen sein. »Danke.«

Brooks streichelt mir durch die verstrubbelten Haare. »Wofür, Süßer?«

»Ähm, für alles? Du machst gerade alle meine Fantasien wahr.«

Er beugt sich so weit vor, bis seine Lippen sacht über meine streichen. »Oh, ich bin definitiv bereit, noch ein paar von deiner Liste abzuhaken.«

Ein Kribbeln schießt durch meinen Körper, ich verliere mich in seiner Berührung und vergesse, dass ich erst aufgewacht bin und noch keine Zähne geputzt habe. Als mir das bewusst wird, ziehe ich mich wieder zurück. »Ich muss kurz ins Bad.«

»Tu das.« Brooks richtet sich auf. »Ich mache solange Frühstück.«

Ich sehe ihm nach, wie er sich aus dem Bett rollt und die Arme herzhaft gähnend über den Kopf streckt. Sein Shirt rutscht dabei ein Stück hoch und offenbart seinen definierten Bauch. Und, ach ja, seine engen Boxershorts zeigen eindeutig seine Erektion. Ich schlucke trocken.

Noch hat Brooks keinerlei Anstalten gemacht, etwas für *seine* Lust zu tun. Sollte ich ihm das anbieten?

Zwar wüsste ich nicht, wo und wie ich anfangen sollte, aber er würde mir sicher eine Anweisung geben, nicht?

Seufzend winde ich mich aus dem Bett und tapse rüber ins Bad, um mich frisch zu machen und Zähne zu putzen. Ich belasse es bei meinem Schlafanzug und laufe in die Küche, wo es bereits herrlich duftet.

»Komm her, mein Schatz.«

»Machst du Pancakes?«, rate ich und spähe in die Pfanne.

»Mit Blaubeeren und Banane.« Er wendet sich vom Herd ab, greift nach meinen Hüften und hievt mich auf die Arbeitsplatte neben sich. Ein Kribbeln schießt durch meine Wirbelsäule, als er sich zwischen meine Beine stellt und nach meinem Kinn greift. Ich halte den Atem an.

»Du siehst so süß aus am Morgen«, grinst er und zupft an meinen Haarsträhnen. »An den Anblick könnte ich mich gewöhnen.«

»Dein Teig brennt an«, informiere ich ihn.

»Mhm«, brummt er, nimmt sich aber noch einen Moment länger Zeit, um mich zu einem innigen Kuss heranzuziehen. Dann schnappt er sich den Pfannenwender und dreht eilig die Pancakes auf die andere Seite. Er greift nach der Schüssel mit dem Teig, rührt mit einem Löffel und hält ihn mir hin. »Probier mal.«

Der süße Geschmack kribbelt angenehm auf meiner Zuge, als ich den Löffel ablecke. »Wow, lecker.«

»Gut?«

»Ja.«

»Perfekt. Ich habe das Rezept schon lange nicht mehr gemacht.«

»Du bist ein guter Koch«, bemerke ich. »Wo hast du das gelernt?«

»Von den Haushältern oder den Nannys, wer auch immer gerade dafür zuständig war«, erzählt er mir und lädt die fertig ausgebackenen Pancakes auf einen Teller, bevor er die nächsten Kleckse in der Pfanne platziert. »Ich tue es jedoch nicht oft, wenn ich allein bin. Das ist mir schlicht zu viel Aufwand.«

Nachdenklich sehe ich ihm dabei zu, wie er sich durch die Küche bewegt, ein sanftes Lächeln auf den Lippen. Zwischendurch berührt er mich immer wieder, mal streichelt er über mein Knie, ein anderes Mal klaut er sich einen Kuss. Es ist schön, ihn so unbeschwert zu sehen.

»Wieso arbeitest du eigentlich so viel?«

»Hm?« Brooks dreht sich zu mir, eine Augenbraue fragend erhoben. »Was meinst du?«

»Na ja, du hast wohlhabende Eltern, die dich finanziell nach wie vor unterstützen.

Du könntest dir Zeit für dich selbst nehmen, ausgiebig kochen und das Leben genießen.«

»Na ja, ich liebe meinen Job.« Er zuckt mit einer Schulter. »Ich gehe gerne dorthin.«

»Aber?«, hake ich nach.

Brooks schaltet den Herd aus und stapelt auch den letzten Pancake auf den Teller. Er tritt zwischen meine Beine und stützt die Hände auf der Küchenarbeitsplatte ab. Eine Denkfalte liegt in seiner Stirn. Süß irgendwie, dass er so lange über meine Frage nachdenkt. Scheint, als wolle er mir wirklich eine ehrliche Antwort geben.

Ich liebe sein Lächeln, aber sein ernstes Gesicht ist auch verdammt heiß. Eigentlich alles an ihm. Er ist ungelogen der attraktivste Mann, den ich jemals irgendwo gesehen habe. Und ich kann ihn sogar berühren. Zögerlich strecke ich die Hände aus und verschränke die Finger in seinem Nacken. Ein komisches Flattern breitet sich in meiner Brust aus.

»Keine Ahnung«, gesteht er. »Ich gebe zu, mein Arbeitspensum könnte man als exzessiv bezeichnen. Ich schätze, ich habe es mir von meinen Eltern abgeguckt.«

Schon witzig, wie das Leben spielt. Ich habe von meinem Vater gelernt, dass man immer hart und viel arbeiten muss, um sich über Wasser zu halten.

Brooks hat von seinen Eltern mitbekommen, dass man nur erfolgreich ist, wenn man hart und viel arbeitet, egal wie viel Geld man besitzt.

»Hast du auch andere Hobbys außer Arbeiten?«, frage ich.

Brooks streicht mit dem Zeigefinger über meine Wange, ohne mich dabei aus den Augen zu lassen. »Dich zu verführen entwickelt sich gerade zu einem.«

Ich grinse. »Du Charmeur.«

»Nicht wahr?« Wir küssen uns, leidenschaftlicher als zuvor. Hitze löst das warme, kribbelnde Gefühl ab. Brooks greif nach meinem Hintern und zieht mich von der Arbeitsplatte auf seine Hüften. Keuchend vergrabe ich die Finger in seinem Haar.

»Was ist mit den Pancakes?«

»Die schmecken auch kalt fantastisch«, murmelt er gegen meine Lippen.

Er steuert zuerst das Schlafzimmer an, entscheidet sich dann aber doch für die Couch. Sacht legt er mich auf dem Rücken ab und beugt sich über mich, ohne den Kontakt zu meinen Lippen zu verlieren.

»Brooks«, murmele ich. Er greift zwischen uns und reibt über meinen Schritt. Stöhnend drücke ich mich ihm entgegen.

»Okay, Süßer, das wird eine schnelle, heiße Nummer, bist du bereit?«

Verlegen lache ich auf. »Habe ich eine Wahl?«

Er grinst schelmisch. »Nicht wirklich.« Er rutscht an mir herab und zieht die Unterwäsche gleich mit herunter. Stöhnend strecke ich die Arme über den Kopf und halte mich an der Lehne fest, während ich die Augen ekstatisch verdrehe.

Brooks hält sein Versprechen: Schnell und heiß. Er nimmt mich tief in seine Kehle und reizt mit einem Finger mein zuckendes Loch, bis ich mich in Rekordgeschwindigkeit in ihm ergieße.

Meine Welt schwankt und rüttelt noch im Nachbeben, als Brooks sich an mich schmiegt. Wir schweigen, ich genieße das bittersüße Kribbeln und seine Nähe.

»Brooks?«

»Ja, Süßer?«

»Kann ich dir auch einen blasen?«

Er lacht leise in mein Ohr. »Zuerst brauchst du etwas anderes im Magen.« Er richtet sich auf und zieht mich gleich mit. »Frühstücken wir.«

Unsicher blinzele ich. »Bist du sicher?« Inzwischen hat er mir – was, fünf? – Orgasmen beschert und ich ihm keinen einzigen. Worauf wartet er?

Brooks umfasst meine Wange und sieht auf mich herab. »Ich will nichts Schnelles von dir, Frechdachs. Ich will es langsam und sinnlich und mir alle Zeit der Welt nehmen.«

Ich schaffe es nicht, den Blick von seinen grünen Augen zu lösen. Alles, was er sagt, trifft mich unerwartet. Dieser Mann ist wirklich aus meinen kühnsten Träumen entsprungen.

»Du bist wie ein Tagtraum«, entfährt es mir. »Zu gut, um wahr zu sein.«

Er schüttelt lachend den Kopf. »Weißt du, dass ich dasselbe von dir denke?« Brooks beugt sich vor, bis seine Lippen beinahe meine berühren. »Du musst dir um nichts Gedanken machen, okay? Ich bin da, um alle wichtigen Entscheidungen zu treffen. Und jetzt entscheide ich, dass wir Pancakes essen.«

Ich sehe ihm immer noch in die Augen, ohne das Bedürfnis zu verspüren, den Blick abzuwenden. Vor ein paar Tagen wäre das unmöglich gewesen, aber Brooks macht etwas mit mir. Er gibt mir das Gefühl, dass ich rein gar nichts falsch machen kann und schenkt mir damit so viel Sicherheit. Hat er überhaupt eine Ahnung, wie sehr ich das zu schätzen weiß?

Als er zusätzlich noch grinst, mich packt und zum Küchentisch trägt, ohne dass meine Füße den Boden berühren, wird mir klar, dass ich verloren bin. Ziemlich sicher sogar. Es ist eine Sache, mich für zwei Wochen in dieser perfekten Illusion zu verlieren, aber eine ganz andere, mich in einen Mann zu verlieben, der im realen Leben absolut unerreichbar für mich ist.

Wir verbringen den fünften Tag unserer gemeinsamen Zeit mit kollektivem Nichtstun. Der Himmel ist düster und wolkenverhangen, weswegen wir schon am Nachmittag die Beleuchtung anschalten. Der Kamin knistert vor sich hin und Kerzenschein flackert, während vor dem Fenster ein kleiner Schneesturm tobt.

Ich überrede Jamie, *Stirb Langsam* anzusehen und danach werden uns weitere Weihnachtsfilme angezeigt, die wir laufen lassen. Mit jedem neuen verliere ich mich ein bisschen mehr in der Stimmung. Liegt vermutlich auch an Jamie, der in meinem zu großen Pullover versinkt und sich die ganze Zeit an meine Seite schmiegt. Zwischendurch nickt er ein und sobald er wach wird, bringe ich ihn auf den neusten Stand bei den Filmen. Es ist herrlich.

Allein hätte ich das niemals tun können, aber in einem anderen Bundesstaat in einer verschneiten Hütte fühlen sich alle Naturgesetze außer Kraft gesetzt. Ich muss nicht bis zum Umfallen arbeiten, muss nicht ständig produktiv sein und kann vergessen, wie begrenzt unsere gemeinsame Zeit ist.

Auch der nächste Tag beginnt mit einem düsteren Blick aus dem Fenster. Jamie trägt immer noch meinen Hoodie, als er mit einem heißen Kakao auf die schneebedeckte Veranda tritt. Ich trete hinter ihn und schlinge die Arme um seine Mitte.

»Ich fürchte, heute können wir auch nicht Skifahren«, murmele ich. »Man hat ja kaum klare Sicht.«

»Ich finde es gemütlich. Draußensein wird überbewertet.«

Ich lache leise in seinen Nacken und küsse die Stelle. »Ich schmeiß noch ein bisschen Holz in den Kamin, damit uns nicht kalt wird.«

Jamie tritt gemeinsam mit mir herein und schließt die Tür wieder. »Ich mache uns Frühstück«, schlägt er vor. »Du hast uns die letzten Tage schon versorgt.«

»Es macht mir nichts aus. Ich mag das«, sage ich über die Schulter. »Setz dich lieber zu mir auf die Couch.«

Jamie ändert tatsächlich seine Route und schlendert zu mir. »Du willst mich nur damit beeindrucken, wie männlich und heiß du dabei aussiehst, den Kamin anzufeuern«, feixt er.

»Erwischt«, lache ich. »Sieh genau zu.« Extra langsam greife ich nach den Holzspalten, öffne gespielt dramatisch das Türchen und lege das Brennholz hinein.

»Oh ja«, schnurrt Jamie. »Männlich und heiß. So heiß.«

»Bist du schon hart?«, frage ich schmunzelnd.

»Sieh doch nach.«

Das lasse ich mir nicht zweimal sagen, überbrücke die Distanz zwischen uns und beuge mich zu ihm herunter. Jamie schlingt die Arme um meinen Hals, als ich ihn küsse. Während unsere Zungen miteinander verschmelzen, öffne ich seine Beine und lege mich halb auf ihn.

Er stöhnt leise in meinen Mund, als ich unter den Pullover fasse und über seine Nippel reibe. Das ist so gut. Ich bin süchtig danach, ihn zu berühren und ich liebe, dass ich das zu jeder Zeit tun kann.

Wenn er bei mir in New York wäre ... dann könnte ich das jeden Tag unseres restlichen Lebens tun. Nach Hause kommen, für uns kochen und ihn verführen, solange das Essen im Ofen ist. Danach könnten wir essen, reden und lachen, bevor ich ihn ins Bett bringe. In mein Bett. In *unser* Bett.

Ich verliere mich in der Fantasie, die nicht mehr als das ist, was ich mir in den letzten Monaten immer ausgemalt habe. Völlig unrealistische Szenarien, die niemals so eintreten werden. Ein wehmütiges Gefühl macht sich in meiner Brust breit.

Langsam löse ich mich von dem Kuss und blinzele auf ihn herab. Jamie atmet schwer, seine Wangen sind gerötet und in seinen Augen liegt ein lustvoller, ehrfurchtsvoller Glanz.

»Ich will dich ficken, Jamie«, raune ich.

»W-wirklich?«

Erneut küsse ich ihn, umfasse seine Hüften und hebe ihn hoch. Leichthin trage ich ihn ins Schlafzimmer und lege ihn aufs Bett. Ich schiebe die Hände wieder unter den Pullover und streichele über seine nackte Haut.

»Den wirst du anbehalten«, raune ich. Es gefällt mir außerordentlich gut, wenn er meine Klamotten trägt. Das macht ihn noch mehr zu meinem Eigentum.

»Alles, was du willst«, gibt Jamie keuchend zurück.

»Wie gut diese Worte aus deinem Mund klingen, mein Schatz.« Ich fummele an dem Knopf seiner Jeans und schiebe eine Hand in seine Hose, um über seine Härte zu streicheln. Ich helfe ihm, die Jeans loszuwerden und die Unterwäsche gleich mit. Jetzt trägt er nur noch meinen übergroßen Pullover. Ich rolle ihn hoch, um seinen Bauch und den Hüftknochen zu küssen.

»Darf ich dich auch ausziehen?«, fragt Jamie mit zitternder Stimme.

Ich richte mich auf und ziehe ihn mit, bis er aufrecht sitzt. Wir sehen uns in die Augen, während von draußen Schnee gegen das Fenster prasselt. Unser Atem vermischt sich, als ich noch ein Stück näher rücke. Ich ziehe den Hoodie aus und nehme das Shirt darunter gleich mit. Jamies Blick zuckt nach unten.

»Berühr mich ruhig.«

Als er weiter zögert, greife ich nach seiner Hand und lege sie auf meine Schulter. Jamie atmet tief aus und spreizt die Finger. Langsam lässt er die Hand von meiner Schulter über meine Brust gleiten.

»Du fühlst dich so gut an«, murmelt er. »Kannst du ...« Er bringt den Satz nicht zu Ende, beugt sich stattdessen vor und bittet mich wortlos, mich auf die Ellenbogen zurückzulehnen.

»Setz dich auf mich«, verlange ich. Mit gespreizten Beinen klettert er auf meinen Schoß und senkt den Kopf, um meinen Hals zu küssen. Hingebungsvoll saugt er an meiner Haut, beißt mich sanft und leckt dann tiefer. Ich werde noch ein bisschen härter.

»Jamie«, stöhne ich, als er an dem Bund meiner Hose ankommt. Mit leuchtenden Augen sieht er zu mir auf.

»Ich muss herausfinden, ob du gelogen hast«, meint er mit einem halben Grinsen.

»Darf ich?«

Lachend lege ich den Kopf in den Nacken und hebe die Hüften, damit er mir die Hose ausziehen kann.

»Fuck«, höre ich Jamie murmeln. Er fährt mit den Fingern über meine Härte, von der Wurzel bis zur Eichel. Jetzt hebe ich doch wieder den Kopf und richte mich ein Stück weiter auf, weil ich unbedingt dabei zusehen muss, wie er mich das erste Mal berührt.

Der ehrfurchtsvolle Ausdruck auf seinem Gesicht wird mir gar nicht gerecht. Ich habe diesen Jungen gar nicht verdient. Ich habe seine Unschuld, sein Vertrauen und seine Hingabe nicht verdient. Ich bin nur irgendein Kerl, den er aus dem Internet kennt und aus irgendeinem Grund dafür ausgewählt hat, sein Erster zu sein.

Mein Herz schlägt mit einem Mal schneller, lauter und kräftiger gegen meinen Brustkorb. Sehnsucht zerrt an mir, ich will ihn berühren, schmecken, riechen. Ganz für mich beanspruchen.

Ich ziehe ihn zu mir hoch, umfasse seine Wange und sehe ihm fest in die Augen, bevor ich ihn innig küsse. Wir rollen uns auf dem Bett herum, ich begrabe ihn unter mir und drehe ihn auf den Bauch.

Mit meiner Zunge und später mit Gleitgel und den Fingern dehne ich ihn, bereite ihn gut vor, um ihn nicht zu verletzen.

»Das ist genug, Baby«, keucht er irgendwann. »Ich will dich jetzt spüren, okay? Ich will, dass es ein bisschen wehtut.«

Ich schlucke hart und halte einen Moment inne, um mir bewusst zu werden, was das für uns bedeutet. Das ist unser erstes Mal. Sanft greife ich nach seinen Hüften und drehe ihn wieder auf den Rücken. Er zieht die Beine an und macht Platz für mich.

»Ich bin dir so verfallen, Jamie«, flüstere ich ihm zu, vergrabe das Gesicht an seinem Hals und schiebe mich langsam in ihn.

Er schließt wimmernd die Augen, gibt sich mir hin, lässt zu, dass ich mich ganz in ihm versenke. Der Moment, in dem sein Körper dagegen ankämpft, bis hin zu seiner wundervollen Unterwerfung, ist kostbarer als alles andere. Niemand vor ihm hat mir dieses atemberaubende Gefühl von Vollkommenheit geschenkt.

Mein Vorhaben war es von Anfang an, alle schmutzigen Fantasien mit Jamie wahr werden zu lassen. Aber das hier ist keine davon. Das hier ist mehr, echter und geht tiefer als pure Lust.

Wir bewegen uns langsam miteinander, sinnlich und genießerisch. Ich küsse ihn immer wieder, lecke und sauge an seinem Hals, während er die Fingernägel über meinen Rücken kratzen lässt. Ich flüstere ihm ins Ohr, wie perfekt er ist, wie eng und fantastisch.

Mit einer Hand greife ich zwischen uns und umfasse seinen Schwanz, pumpe ihn im Rhythmus meiner Stöße, bis er sich ergießt. Seine süße Lust, der Ausdruck auf seinem Gesicht, sein Zittern und Beben reißen mich mit.

»Ich lasse dich nicht mehr gehen«, flüstere ich ihm ins Ohr, als ich noch in ihm bin und ihn fest an mich drücke.

»Bitte nicht«, gibt er keuchend zurück.

»Ich sperre dich in meinen Keller und kette dich an ein Heizungsrohr.«

Sein Lachen kitzelt meine Haut. »Romantisch.«

»Nicht wahr?«

»Gibt es dann auch Wasser und Brot für mich?«

»Klar. Und ganz viel Sex.«

»Okay, bin dabei. Kette mich ruhig in deinen Keller, er ist sicher ohnehin schöner als mein Apartment«, murmelt er.

Ich umfasse seine Hüften und ziehe mich langsam aus ihm heraus, was ihm ein protestierendes Stöhnen entlockt. Auch für mich fühlt es sich falsch an, nicht mehr in ihm zu sein. Schnell schmiege ich mich an ihn und drücke ihn an meine Brust.

»Dann ist das klar«, flüstere ich in sein Ohr. »Du kommst mit mir nach New York.«

Wir wissen beide, dass ich nur Scherze mache, oder? Das, was man in einem Post-Orgasmus-Hoch sagt, ist niemals real. Und doch bekomme ich den Gedanken auch Stunden später nicht mehr aus dem Kopf.

Jamie ist losgezogen, um Abendessen aus einem nahegelegenen Restaurant zu holen, das George uns empfohlen hat. Auf dem Weg dorthin wollte er unserem Nachbarn einen Besuch abstatten, weshalb ich davon ausgehe, dass er ein paar Stunden unterwegs sein wird.

Ich fühle mich schon nach fünfzehn Minuten einsam, weswegen ich meinen besten Freund per Videochat anrufe.

»Wow, wie ich sehe, bist du noch nicht im Knast«, kommentiert er trocken. Trevors braune Haare sind verwuschelt und sein Oberkörper ist entblößt.

»Ähm, bist du nackt?«, frage ich mit hochgezogener Augenbraue.

Er hält das Handy so, dass ich sehen kann, dass er eine Pyjamahose trägt.

»Okay, ein Nein hätte gereicht, ich muss nicht gleich dein ganzes Paket sehen.«

»Würde ich dir mein Paket zeigen wollen, hätte ich dich auf eine Flasche Chardonnay eingeladen«, feixt er.

»Das war ein einziges Mal«, verteidige ich mich. Im zweiten Jahr auf dem College habe ich meinem besten Freund während einer durchzechten Nacht angeboten, unsere Freundschaft mit unverbindlichem Sex zu ergänzen. Das hält er mir bis heute vor. Man muss nicht erwähnen, dass er mich nur ausgelacht hat und daraus nie etwas geworden ist. War vermutlich besser so.

Trevor fläzt sich auf die Couch und stützt das Kinn auf der Hand ab. »Erzähl jetzt mal. Wo ist dein Internetfreund?«

»Er ist gerade unterwegs, um Abendessen zu holen.«

»Dann versteht ihr euch gut? Du hast nicht viel in den Gruppenchat geschrieben.«

»Es ist fantastisch.« Auch ich hocke mich auf die Couch und ahme seine Position nach. Verträumt seufze ich. »Ich meine, er ist der Hammer. Ich genieße gerade jede Sekunde mit ihm.

Hier oben ist es wirklich schön, aber die Zeit mit ihm zu verbringen ist ein echtes Highlight.«

Trevor lacht herzhaft auf. »Ramon, komm mal her, das musst du sehen! Brooks ist verknallt!«

»Ich bin nicht verknallt«, erwidere ich und merke im selben Moment, dass es nicht wahr ist. Womöglich bin ich sogar mehr als verknallt.

Ramon taucht hinter seinem Mann auf und schmiegt sich an ihn. Er grinst. »Hi Brooks. Wie ich sehe, wurdest du noch nicht verhaftet.«

Ich rolle mit den Augen. »Nein, er hat mich nicht angezeigt. Ich konnte ihn mit meinem Charme überzeugen.«

»Welchem Charme?«, fragt Trevor skeptisch. Ramon tätschelt seine Schulter und verschwindet aus dem Bild. Mein bester Freund sieht ihm nach, dann räuspert er sich und widmet sich wieder mir.

»Okay, erzähl mir alles«, verlangt er. »Wie ist er so? Hast du ein aktuelles Bild von ihm?«

»Nein, aber er sieht wirklich gut aus.«

»Wieso hat er dich überhaupt angelogen?«

»Keine Ahnung, Unsicherheit? Hat er gar nicht nötig. Er ist echt der Hammer, habe ich das schon erwähnt? Ich liebe es, mit ihm zusammen zu sein.«

Trevor runzelt besorgt die Stirn. »Aber?«

»*Aber* wir haben nur noch eine gute Woche miteinander. Das ist ... zu wenig Zeit.«

Mein Freund seufzt leise und reibt sich die Stirn. »Dich hat es wirklich erwischt, oder?«

»Womöglich«, gebe ich zu. »Ich will ihn nicht hierlassen. Ich will, dass er mit mir nach New York kommt.« Schon als ich die Worte ausspreche, fühle ich wieder das flammende Gefühl in meiner Brust. Wie vorhin, als ich es zu Jamie gesagt habe.

Überrascht lacht Trevor auf. »Ernsthaft?« Er verstummt, als er merkt, dass ich ernst bleibe. »Oh, Shit, das *ist* dein Ernst. Ist es denn machbar? Hat er nicht einen Job und Familie in Chicago?«

»Na ja, er steht nicht so richtig in Kontakt zu seiner Familie und hat nicht viele Freunde. Und sein Job ist scheiße, genauso wie seine Wohnung. Bei mir wäre er viel besser aufgehoben.«

»Oh, Brooks.«

Brummend schließe ich die Augen. »Ich weiß, Trev. Das ist absolut idiotisch.«

»Warum hast du nicht Gabe angerufen? Er hält das bestimmt für eine tolle Idee, dieser hoffnungslose Romantiker.«

Ich blinzele ihn durch die Kamera an. »Ja, aber ich brauche einen Realitätscheck. Sag mir, wie lächerlich ich mich benehme.«

»Wenn du ihn mit nach New York nimmst, dann musst du deine Arbeit zurückschrauben.

Du kannst nicht siebzig Stunden die Woche arbeiten und gleichzeitig eine Beziehung führen.«

Überrascht hebe ich eine Augenbraue. »Ich dachte eher daran, dass du mir sagst, dass ich mich lächerlich benehme und es mir aus dem Kopf schlagen soll.«

»Babe, du hast die letzten Monate damit verbracht, dich in diesen Typen zu verlieben. Unkonventionell, doch deswegen nicht falsch. Wenn du diesen Jamie wirklich magst und in deinem Leben haben willst, musst du hundert Prozent geben. Nicht nur dreißig bis vierzig.«

Ich beiße mir auf die Wange. »Du bist klug, Trev.«

»Ich weiß. Deswegen hat Ramon mich geheiratet.«

»Es war wegen deinem Hintern, aber okay«, kommt es irgendwo aus dem Hintergrund. Ich schmunzele.

»Ich freue mich darauf, euch bald wiederzusehen.«

»Wir auch. Hast du Jamie deswegen schon vorgewarnt?«

»Noch nicht«, gestehe ich. Er wird nicht begeistert sein, fürchte ich.

»Sag es ihm! Gott, du bist so ein Idiot, Brooks.«

Ich seufze. Er hat ja recht. »Bis bald, Trev.«

Kapitel 19: Hürden

Jamie

George hält mich länger auf als gedacht, aber die Zeit verfliegt mit ihm, sodass ich erst Stunden später mit Abendessen zurückkomme.

»Sorry, bist du sauer?«, frage ich schuldbewusst, als Brooks mich an der Tür begrüßt.

Er schmunzelt, als er mich zu einem Kuss heranzieht. »Wieso, hast du George etwa gevögelt?«

Ich verziehe das Gesicht bei dieser Vorstellung. »Ew, ich bitte dich. Er könnte mein Großvater sein.«

Brooks öffnet mir die Tür ein Stück weiter und lässt mich herein. »Kein Problem, ich habe nur gedacht, dass du mich ein drittes Mal verlassen hast«, sagt er gespielt dramatisch.

»Haha.«

Brooks folgt mir in die Küche und umfasst meine Hüften, sobald ich das Essen auf dem Tresen abgestellt habe. Er haucht mir einen Kuss in den Nacken. »Warst du schon mal in New York?«

»Ähm, was?« Ich lehne den Kopf gegen seine Schulter und schiele zu ihm hoch. »Was ist das für eine Art Rollenspiel?«

»Kein Spiel, nur eine Frage.« Er reibt die Nase an meinem Nacken. »Und?«

»Nein, ich habe Chicago nie verlassen.« Was glaubt er denn, wie ich mein Leben gestalte? Als ob ich jemals genug Geld hätte, um mir so eine Reise zu ermöglichen.

»Willst du es mal sehen? New York, meine ich.«

Ich spanne mich an, als mir bewusst wird, worauf er hinauswill. Schlägt er gerade vor, dass ich ihn irgendwann in New York besuche? Das ist absurd. Das könnte ich mir nicht leisten. Und wenn er vorschlägt, meine Reise dorthin zu bezahlen, wäre es genauso schlimm. Dann würde ich für ein paar Tage oder Wochen in sein perfektes, luxuriöses Leben eintauchen, womöglich seine Freunde kennenlernen und mir noch unpassender vorkommen, als ich es hier tue.

Tief durchatmend löse ich mich von ihm und schlüpfe aus seiner Umarmung. »Großstädte sind nicht so mein Ding«, sage ich ausweichend und beginne damit, das Essen auszupacken. »Ich bleibe lieber in den Vororten, wo es nicht so viel Trubel gibt.«

»Na ja, New York ist anders als Chicago«, führt Brooks weiter aus. »Dir wird New York bestimmt gefallen. Ich bin mir sicher.«

»Du kennst mich nicht besonders gut«, meine ich barscher als beabsichtigt.

Brooks hält inne, lehnt sich dann gegen den Tresen und beobachtet mich dabei, wie ich die Burger samt Fritten auf zwei Teller verteile. Ein unangenehmes Kribbeln läuft über meine Wirbelsäule.

Ich räuspere mich. »Was willst du dazu trinken? Wasser oder lieber einen Tee?«

»Wasser ist okay.«

»Gut.«

Schweigen erfüllt den Raum, als wir uns an den Tisch setzen und ich auf mein Essen starre. Keiner von uns rührt seinen Burger an.

»Jamie?« Ich zucke richtig zusammen. »Komm schon, sieh mich an.«

Zögerlich hebe ich den Kopf. Sein Blick ist ernst.

»Was ist los? Was habe ich gesagt?«

»Wieso hast du nach New York gefragt?«, will ich im Gegenzug wissen.

»Na ja, ich wohne dort.«

»Ich weiß.«

»Und du könntest mich besuchen, selbst wenn du Großstädte nicht magst.«

Fest presse ich die Lippen zusammen. »Nein.«

Ich merke geradezu, wie dieses kleine Wort ihn trifft. Seine Gesichtszüge erstarren und jetzt ist er derjenige, der den Blick senkt.

»Ich verstehe.«

»Tut mir leid.« Schmerz flammt in meiner Brust auf und raubt mir fast die Luft zum Atmen. »Es ist nur ... ich glaube nicht, dass wir im echten Leben Kontakt halten sollten. Das würde das, was wir jetzt haben, nur kaputtmachen.«

»Inwiefern?«

»Weil es dann zu real wird.« Ich kann es ertragen, wenn dieser viel zu schöne Tagtraum endet und ich zurück in meine Realität muss, aber wie soll ich Brooks in seinem Alltag erleben und ihn wieder verlassen, um in meinen zurückzukehren?

»Ich will, dass es real zwischen uns wird«, behauptet Brooks. Er greift über den Tisch hinweg nach meiner Hand und verschränkt unsere Finger. Meine Handfläche kribbelt angenehm, dennoch entziehe ich ihm meine Hand wieder, weil es zu sehr schmerzt. Weil es sich *zu* gut anfühlt.

Ein Kloß bildet sich in meinem Hals. »Können wir einfach essen?«

»Jamie ...« Er seufzt und zwingt sich zu einem Lächeln. Ich kann ihm förmlich ansehen, wie schwer es ihm fällt. »Gut. Essen wir.«

Stille erfüllt die Küche und die ganze Hütte.

Wir schweigen den ganzen restlichen Abend über, sehen einen Film, ohne ihn wirklich zu schauen, und gehen dann ins Bett.

Ich glaube, dass die Welt am nächsten Morgen schon besser aussieht, aber dem ist nicht so. Ich fühle mich sogar noch mieser als gestern. Es hilft auch nicht unbedingt, dass es Brooks ähnlich zu gehen scheint. Er sagt mir nicht einmal ‚*Guten Morgen*‘, sondern verschwindet im Badezimmer und macht sich dann daran, Frühstück für uns vorzubereiten.

»Das Wetter wird besser«, sind die ersten Worte am heutigen Tag, nachdem wir gegessen haben.

Überrascht werfe ich einen Blick nach draußen, um festzustellen, dass er Recht hat. Strahlend blauer Himmel erwartet uns, die Sonne lässt die Schneemassen glänzen.

»Ja«, gehe ich darauf ein. »Wollen wir raus?«

»Wir könnten die Skipiste austesten.«

Ich zögere, da ich eigentlich gar keine Lust habe, aber Brooks auch nicht vor den Kopf stoßen will. Nicht schon wieder. »Okay, das wird bestimmt lustig.«

Brooks schenkt mir ein schwaches Lächeln. »Cool.«

Wir machen uns nach dem Frühstück auf den Weg, legen einen kurzen Fußmarsch bis zu den Hütten hin und leihen uns Skier und passende Ausrüstung aus. Brooks kniet sich vor mich und hilft mir, die Schuhe anzuziehen und festzuschnallen.

»Wir machen erstmal die Anfängerpiste«, erklärt er. »Hab keine Angst hinzufallen, du fällst meistens weich.«

»Herrliche Aussicht.«

Brooks richtet sich wieder auf und reicht mir eine der Sonnenbrillen. »Es macht Spaß. Du wirst schon sehen.«

Es ist komisch, durch den Schnee zu gleiten. Anstrengender, als es aussieht, aber Brooks hat Recht – es macht mehr Spaß als gedacht. Wir fahren zuerst den kleinen Berg hoch und düsen ein paar Mal herunter, bis ich mich sicherer auf den Skiern fühle und wir die nächste Piste nehmen.

Wir verbringen den ganzen Tag im Schnee, essen zu Mittag in einem Restaurant in der Nähe und kehren zurück in unsere Hütte, als es schon dunkel ist. Ich war lange nicht mehr so erschöpft.

»Wollen wir zusammen duschen?«, fragt Brooks, als wir die Winterjacken ausziehen und ich gerade die Handschuhe abstreife.

»Geh du ruhig zuerst«, biete ich an. Den ganzen Tag über haben wir uns gut verstanden, doch es war anders als zuvor. Das macht mich nervös und unsicher.

»Alles klar«, murmelt Brooks. Beim Vorbeigehen haucht er mir einen flüchtigen Kuss aufs Haar, aber selbst das beruhigt mich nicht unbedingt.

Ich sehe ihm nach, bis er im Bad verschwindet. Meine Schultern sacken nach unten, ich schlurfe ins Wohnzimmer und lasse mich auf die Couch sinken. Vielleicht wäre es besser, abzureisen. Es führt sowieso zu nichts und wir werden beide nur enttäuscht.

Ein Vibrieren reißt mich aus düsteren Gedanken, ich greife automatisch nach dem Handy und bemerke dann erst, dass es gar nicht meins ist. Der Bildschirm leuchtet auf und zeigt den Anfang einer Nachricht.

Trevor

Und, bringst du ihn mit nach New York? ;) Ramon ist schon ganz aufgeregt ...

Den Rest kann ich nicht lesen, ohne sein Passwort einzugeben.

Schuldbewusst lege ich das Handy zurück und verschränke die Arme vor der Brust. Er hat seinen Freunden davon erzählt? *Von mir?*

Gott, was tue ich hier eigentlich? Zwischen Brooks und mir war alles in Ordnung, perfekt sogar, bis ich es ruiniert habe. Ich sabotiere mich selbst und Brooks ist derjenige, der darunter leiden muss. Das hat er nicht verdient.

Und ich ebenfalls nicht.

Entschlossen stehe ich auf und laufe rüber ins Bad. Schon auf dem Weg dorthin entledige ich mich der Klamotten, lasse sie auf dem Badezimmerboden liegen und schiebe die Duschtür auf.

Heißer Dampf schlägt mir entgegen, als Brooks sich die nassen Haare aus der Stirn streicht und sich zu mir herumdreht. Ein sanftes Lächeln umspielt seine Mundwinkel.

»Meinung geändert?«

Ich nicke und trete zu ihm. Er legt mir eine Hand in den Nacken und vergräbt die Finger in meinem Haar.

»Ganz schön frech, mich einfach unter der Dusche zu stören«, raunt er.

»Was tust du jetzt dagegen?«

Er zieht mich ein Stück näher, bis ich ebenfalls unter dem warmen Duschstrahl stehe. Genießerisch schließe ich die Augen, während Brooks die Hände über meinen Körper gleiten lässt. Er umfasst meinen Hintern und knetet ihn.

Ich stöhne leise, als er sich vorbeugt und mit der Zunge das Wasser von meinem Kiefer leckt.

»Orgasmusverbot für dich«, befiehlt er. »Zumindest für den heutigen Abend.«

»Oh, fuck.«

»Nicht fluchen, sonst erhöhe ich um vierundzwanzig Stunden.«

Ich presse die Lippen zusammen und sehe zu ihm auf. In seine Augen ist das Leuchten zurückgekehrt, was mein Herz schneller schlagen lässt. Er ist so schön.

Brooks greift nach dem Duschgel und massiert es in meine Haut ein, wobei er meinem Hintern besonders viel Aufmerksamkeit schenkt. Scheiße, ich fühle mich jetzt schon geladen. Wie soll ich das den ganzen Abend lang aushalten?

»Geh vor mir auf die Knie«, flüstert er mir zu. Brooks tritt zurück und macht mir Platz, sodass das Wasser warm auf meinen Rücken prasselt und nicht in mein Gesicht.

Trocken schlucke ich und sehe zu ihm hoch. Sein harter Schwanz ist jetzt unmittelbar vor meinem Gesicht, ich rieche seinen männlichen Geruch und lecke mir erwartungsvoll die Lippen.

»Was kann ich tun?«

»Leg deine Hand hier hin.« Er dirigiert meine Hand an seinen Schaft und befiehlt mir dann, über seine Länge zu lecken.

Sein Geschmack explodiert förmlich auf meiner Zunge und lässt mich keuchen.

»Nimm die Eichel in den Mund und sauge. Nicht zu sehr. Oh, ja, so ists gut.« Sein Stöhnen beflügelt mich. »Benutz die Zunge ... ja, genau so, mein Schatz ... Ja, mach weiter, nicht aufhören.«

Brooks vergräbt die Finger in meinem Haar, beinahe schmerzhaft fest, zieht mich zurück und zwingt mich dann, ihn tiefer aufzunehmen. Ich würge ein bisschen, liebe aber jede Sekunde davon. Das ist so gut. Ich will nie wieder etwas anderes tun.

Er fickt meinen Mund in kurzen, harten Stößen, dirigiert meinen Kopf und gleichzeitig meine Hand. Als er kommt, schmecke ich ihn auf der Zunge und den Lippen, sein Saft tropft über mein Kinn.

Automatisch greife ich nach meiner eigenen Härte, aber Brooks hält mich davon ab. »Na-ah. Kein Orgasmus für dich, mein Süßer.«

»Oh, richtig. Hätte ich fast vergessen.«

Brooks grinst. »Ich erinnere dich schon daran.«

Nach der Dusche nimmt er mich mit ins Bett, wir rollen uns durch die Laken und küssen uns immer wieder. Brooks ist irgendwann erneut hart und fickt dieses Mal nicht meinen Mund, sondern meinen Hintern.

Er berührt meinen Schwanz nicht, dennoch schlittere ich haarscharf am Orgasmus vorbei.

Es ist frustrierend und heiß auf die beste Weise, die ich mir vorstellen kann. Besonders schön ist, dass er mich danach in eine feste Umarmung zieht und mich an sich drückt.

»Weißt du was, Jamie?«, flüstert er in meinen Nacken.

»Mhm?« Ich bin kurz vorm Einschlafen, aber die schmerzhafte Erektion hindert mich daran.

»Du hast kein Mitspracherecht mehr.«

Verwirrt lache ich auf. »Okay?«

»Ja, denn du triffst *furchtbare* Entscheidungen. Du magst keine Großstädte? Tja, Pech gehabt, du wirst New York lieben, ob du willst oder nicht.«

Mein Grinsen wird zu einem warmen Lächeln.

»Und ich kenne dich sogar sehr gut«, behauptet Brooks weiter.

»Wenn du meinst.«

»Komm mir nicht mit diesem Tonfall.«

»Schmollst du jetzt?«

Brooks beißt mich warnend in den Nacken und ich lache wieder. Mein Herz macht ganz komische Sachen.

»Brooks?«

»Ja, mein Schatz?«

Ich liebe dich.

Nein. Nein, nein, nein. *Nein.*

Das meine ich nicht so. Das sind nur komische Gedanken, die von meinem harten Schwanz kommen, der sämtliches Blut für sich beansprucht.

Das geht vorbei.

Ganz sicher.

Ich freue mich auf den nächsten Morgen, denn das bedeutet, dass mein Verbot für Jamie aufgehoben ist. Es fühlte sich fast an wie eine Bestrafung für mich und nicht für ihn. Ich liebe es einfach zu sehr, ihn kommen zu sehen.

Um den Tag optimal zu starten, tauche ich unter die Decke und reibe die Wange an seinem harten Schwanz. Ich habe ihm gestern befohlen, die Unterwäsche im Bett auszuziehen, was für uns beide eine bittersüße Qual war. Jetzt trägt er nur noch eines meiner Shirts, das ihm viel zu groß ist und deshalb perfekt an ihm aussieht.

Jamie wird wach und regt sich. »Ist schon der nächste Tag?«, fragt er verschlafen und keucht entzückt, als ich beginne, seine Härte mit sanften Küssen zu versehen. Er schmeckt so fantastisch.

»Du hast dir eine Belohnung verdient«, raune ich. »Weil du so ein guter Junge warst.«

»Fuck, Brooks, ich ...« Er verstummt und wimmert. Ich halte inne und schlage die Decke weg, um zu ihm aufblinzeln zu können.

»Was?«, hake ich nach. Schon gestern Abend schien ihm irgendetwas auf der Zunge zu liegen, das er nicht aussprechen konnte. »Willst du, dass ich aufhöre?«, versichere ich mich.

»Was? Nein! Nein, bloß nicht.«

Meine Lippen verziehen sich zu einem zufriedenen Grinsen, bevor sie wieder damit beschäftigt sind, ihn genüsslich zu verwöhnen. Ich könnte das schnell zu Ende bringen und ihn erlösen, aber das ist zu gut, um es nicht auszukosten. Über die Hälfte unserer Zeit ist schon vorbei und die restlichen Tage werden ebenfalls wie im Flug vergehen. Zumindest ein paar dieser kostbaren Momente will ich ein wenig länger festhalten.

Zwar haben wir uns gestern vertragen, aber Jamie hat nicht endgültig entschieden, ob er mit mir nach New York kommen will. Das ist zu viel verlangt, oder? Kann ich von ihm fordern, dass er sein Leben in Chicago für mich aufgibt? Ich meine, ich könnte ihm ein viel besseres bieten. Ihm einen guten Job besorgen, ein schönes Zuhause geben und ... nun ja, ganz viel guten Sex.

Bevor ich ihn jedoch davon überzeuge, muss ich erst einmal ein paar längst überfällige Wahrheiten aussprechen.

»Meine Freunde werden Weihnachten herkommen.«

»Ähm, was?« Jamie sieht fragend zu mir auf. Er ist gerade dabei, klein geschnittenes Obst fein säuberlich auf seine Pancakes zu verteilen.

Bei ihm sieht es aus wie ein Experten-Level von *Tetris.*

»Gabe, Marie, Trevor und Ramon. Wir haben entschieden, dass sie an Heiligabend herkommen und wir das Fest alle zusammen in Chicago verbringen.«

»Wann habt ihr das denn besprochen?«

»Schon als ich die Hütte angemietet habe.«

Er blinzelt und sieht auf seinen Teller. »Sie fahren den ganzen Weg hierher, um Weihnachten mit dir zu feiern? Das müssen gute Freunde sein.«

Ich lächele sanft. »Sie sind die besten.«

Jamie rutscht auf seinem Stuhl hin und her und räuspert sich. »Wann werden sie anreisen?«

»Am 24.12.«

»Fährst du mich vorher zurück nach Chicago? Oder soll ich nachsehen, ob ein Bus fährt?«

Ich hebe eine Augenbraue. Das war offenbar missverständlich. »Du wirst selbstverständlich mit uns feiern, Jamie. Ich lasse dich doch nicht kurz vor Weihnachten gehen.« Genau genommen will ich ihn gar nicht mehr gehen lassen, aber ich befürchte, das laut auszusprechen würde uns beide überfordern.

Er zieht die Schultern ein und dreht nervös die Gabel zwischen den Fingern.

Als er auch Minuten später nichts spricht und keine Anstalten macht, weiter zu essen, runzele ich besorgt die Stirn.

»Jamie?«

»Ich weiß nicht, ob ich mich wohl dabei fühle, deine Freundesgruppe zu crashen und das noch an Weihnachten.«

Ich schätze, dass er ehrlich zu mir ist und mir seine Sorgen offen mitteilt. Das ist schon mal ein Fortschritt. Über den Tisch hinweg greife ich nach seiner Hand und verschränke unsere Finger miteinander.

»Ich verstehe, dass es für dich eine neue Situation ist, aber ich verspreche dir, dass sie dich lieben werden.« *So wie ich,* hätte ich beinahe gesagt, beiße mir jedoch rechtzeitig auf die Zunge. Gott, ich sollte besser nachdenken, bevor ich spreche.

»Ich habe mich noch nie gut irgendwo integriert«, murmelt er.

»Aber jetzt hast du mich.« Sanft streichele ich mit dem Daumen über seinen Handrücken. »Ich will, dass du sie kennenlernst und sie dich. Außerdem möchte ich Weihnachten mit dir verbringen.«

»Wieso?« Jamie entzieht mir seine Hand. »Ich kann diesem Fest nichts abgewinnen und du doch ebenfalls nicht. Warum sollten wir dem also so viel Bedeutung beimessen?«

»Weil ich …« Ich verstumme und schlucke. »Weil ich möchte, dass du mit mir nach New York kommst.«

»Ich kann dich nicht in New York besuchen, Brooks. Können wir bitte nicht mehr darüber reden?«

»Ich will auch nicht, dass du mich besuchst. Ich will, dass du bei mir einziehst.«

Jamie starrt mich einen Moment an, dann lacht er trocken auf. »Das ist doch Schwachsinn, Brooks. Wir kennen uns seit einer Woche.«

»Wir kennen uns seit vier Monaten.«

»Das zählt nicht.«

»Sagt wer?«, frage ich herausfordernd.

»Jeder normal denkende Mensch?«

Mit verschränkten Armen lehne ich mich zurück. »Was spricht denn dagegen? Zähl mir die Gründe auf.«

»Ich habe einen Job in Chicago.« Er stutzt und beißt sichtlich die Zähne zusammen. »Im Moment nicht, aber bald wieder.«

»In New York gibt es hunderte Cafés, die dich liebend gerne einstellen. Ganz abgesehen davon, dass du in New York von vorne anfangen könntest, ohne, dass der schlechte Ruf deines Vaters dir vorauseilt.«

»Ich kenne dort gar keinen.«

»Du kennst mich«, stelle ich fest. »Und bald meine Freunde. Das sind schon mal fünf Leute.«

Jamie atmet tief durch. Mir ist bewusst, dass er gleich den wichtigsten Grund aufzählt, der auch mir Bauchschmerzen bereitet. »Und was, wenn es zwischen uns nicht klappt?«

»Das kann gut sein«, stelle ich bedächtig fest. Sehr gut sogar. Wir kennen uns immerhin nur aus versauten Nachrichten in einem Chatroom, der dafür ausgelegt ist, schnellen Sex zu vermitteln. Selbst jetzt lernen wir uns in einer Ausnahmesituation kennen. Im Alltag ist alles anders. »Aber ich bin kein Arschloch. Ich würde dich nicht einfach hängen lassen, auch wenn wir feststellen, dass es nicht klappt.«

»Was genau willst du eigentlich von mir, Brooks? Eine Beziehung?« Er klingt ungläubig, als hätte ich ihn darum gebeten, mit mir auf dem Mars zu leben.

»Ich will dich bei mir haben.«

Jamie schiebt seinen Teller endgültig von sich weg. Offenbar hat unser Gespräch ihm den Appetit verdorben. »Das mag in der Theorie schön klingen, aber nicht im realen Leben. Wir funktionieren nicht außerhalb einer Fantasie.«

Es frustriert mich, dass er das so kategorisch ausschließt. »Jamie ...«

»Brooks«, unterbricht er mich. »Du hast das zu kurz durchdacht.

Sicher wird der Abschied schwierig werden und ich werde dich wahnsinnig vermissen, aber im Endeffekt ist es besser, das so zu beenden.«

»Ich bin Investment-Manager«, erwidere ich nüchtern. »Mein Job ist es, jedes Szenario hundertfach zu durchdenken. Und ich bin gut darin, also sag mir nicht, dass ich irgendetwas nicht zu Ende gedacht habe. Das habe ich und ich bin zu dem Entschluss gekommen, dass du zu mir nach New York ziehen sollst.«

Jamie schiebt den Stuhl zurück und steht auf. Er entzieht sich der Situation und ich lasse ihn, auch wenn es mir schwerfällt. Am liebsten will ich ihn auf meinen Schoß ziehen und dieses Gespräch auf einer anderen Ebene führen, aber das wäre unfair ihm gegenüber.

Womöglich ist es ohnehin besser, Jamie kurz Raum zu geben. Während er sich ins Schlafzimmer verkriecht, mache ich den Abwasch und koche Tee für uns. Als ich damit fertig bin und ins Wohnzimmer schlendere, kommt auch Jamie dazu.

Er hat meinen Pullover inzwischen ausgezogen und trägt seinen eigenen, was ein wenig schmerzt.

»Setzt du dich zu mir?«, frage ich sanft und hebe die beiden Tassen leicht an. »Ich habe Tee gemacht.«

»Können wir nicht mehr über New York reden?«, bittet er.

Laut seufze ich auf. »Ich habe dich ebenfalls angelogen, Jamie«, gestehe ich.

Seine Augen weiten sich, dann zieht er skeptisch die Augenbrauen zusammen. »Inwiefern?«

»Wollen wir uns setzen?«

Er nickt und hockt sich zu mir auf die Couch. Einen Dank murmelnd nimmt er den Becher entgegen und probiert einen Schluck. Unsicher huscht sein Blick zu mir. »Erzähl.«

Tief atme ich durch. »Die ersten zehn Jahre meines Lebens bin ich im Heim aufgewachsen«, fange ich an. »Meine Eltern sind bei einem Autounfall verstorben und ich hatte keine nahen Verwandten, bis auf meinen Onkel, der Bruder meiner Mutter. Er wollte mich nicht aufnehmen, sodass nichts anderes übrig blieb.«

»Fuck, Brooks«, murmelt er. »War es sehr schlimm?«

»Es war eine beschissene Zeit«, gebe ich zu. »Jeder musste sich durchschlagen und für mich war es bald besser, unsichtbar zu sein und möglichst nicht aufzufallen. Ich weiß, wie es ist, in der Kälte zu sitzen und nicht zu wissen, ob man am nächsten Tag eine warme Mahlzeit bekommt.«

Jamie zuckt zusammen bei dem letzten Satz. In seinen Augen spiegelt sich Empathie und Mitgefühl wider, was besser ist als Mitleid, das ich nicht ausstehen kann. Nein, Jamie hat kein Mitleid, weil er versteht, wie ich mich gefühlt haben muss. Er durchlebt es gerade selbst.

»Was ist passiert? Hat dein Onkel dich doch aufgenommen?«, fragt er nach.

»Ja, hat er. Mit einer neuen Partnerin an seiner Seite ist er zur Ruhe gekommen und sesshaft geworden. Sie beide wollten keine Kinder, aber meine Tante hatte Mitleid mit mir und hat mich zu sich geholt. Der Rest, den ich dir erzählt habe, ist wahr. Ich wurde von Nannys und ein paar Therapeuten durch meine Teenagerjahre begleitet. Auch ist es wahr, dass sie mir weiterhin Taschengeld überweisen und wir uns hin und wieder sehen. Ich denke, dass da ihr schlechtes Gewissen eine tragende Rolle spielt.«

Jamie streckt zögerlich die Hand aus und streichelt tröstend über meinen Oberarm. Seine Berührung löst ungeahnte Wärme in mir aus. »Bist du sauer auf ihn? Deinen Onkel, meine ich.«

»Das war ich lange Zeit, aber mittlerweile nicht mehr. Vergebung ist ein Prozess, der mir viel Frieden geschenkt hat.

Ich konzentriere mich auf all das, was er mir letztendlich ermöglicht hat. Ohne das Geld und ein sicheres Dach über dem Kopf wäre ich niemals so weit gekommen.«

Er lässt die Hand über meine Schulter bis zu meinem Nacken gleiten. Seine kreisenden Bewegungen auf meinem Hinterkopf hätten mich fast wie eine Katze schnurren lassen, so gut fühlt es sich an.

»Danke, dass du es mir erzählt hast«, murmelt er.

Ich beuge mich vor, um die Tasse abzustellen, damit ich den Kopf auf seinem Schoß ablegen kann. Jamie fährt damit fort, mich zu kraulen. Genießerisch schließe ich die Augen.

»Ich weiß, ich kann nicht die ganze Welt retten. Aber du bist etwas Besonderes für mich, Jamie«, fahre ich leise fort. »Ich kann dich nicht zurück nach Chicago schicken, wenn ich weiß, dass es dir dort schlecht geht. Ich habe mehr Geld, als ich jemals ausgeben kann. Bitte lass mich dir helfen. Komm mit mir nach New York und ich sorge dafür, dass es dir an nichts fehlt. Und falls unsere Beziehung in die Brüche geht, werde ich dich nicht hängenlassen. Ich verspreche es dir.«

Sein Schweigen dehnt sich so weit aus, dass ich die Lider öffne und zu ihm aufsehe. Jamie zieht die Finger zurück und ich drehe mich auf den Rücken, ohne jedoch den Kopf von seinem Schoß zu nehmen. Er legt mir eine Hand auf die Wange.

»Lass mich darüber nachdenken, okay?«, bittet er.

Ich will ihm sagen, dass er nicht nachdenken muss, da ich ohnehin nicht zulassen werde, dass er abhaut, bevor ich ihm geholfen habe, sich ein besseres Leben aufzubauen. Aber ich beherrsche mich, denn so funktioniert das nicht. Er muss seine eigenen Entscheidungen treffen und ich muss das akzeptieren. »Okay«, stimme ich zu.

Und für mich heißt es, bald ein Gespräch mit meiner Chefin zu führen. Wie sie es wohl finden wird, dass ich mich um jeden Preis gegen einen Urlaub sperren wollte und nun sogar freiwillig weniger arbeiten werde?

Sie wird es schon verkraften. Für Jamie bin ich bereit, diesen Schritt zu gehen.

Kapitel 21: Boyfriend-Material

Jamie

Es ist so surreal, neben Brooks aufzuwachen. Selbst neun Tage später noch.

»Guten Morgen, Süßer«, raunt er mir zu und zieht mich in eine warme Umarmung. Ich vergrabe das Gesicht an seinem Hals und inhaliere seinen männlichen Geruch.

»Morgen«, nuschele ich. Kurz versteife ich mich, weil ich glaube, dass er wissen will, ob ich mich entschieden habe. Das habe ich nicht. Es sind noch zu viele Fragen und Zweifel in mir.

Zum Glück hat Brooks nicht vor, die morgendliche Ruhe zu durchbrechen. Er krault nur meinen Rücken und die nächsten zehn Minuten schwelgen wir in der ruhigen Stille, die uns umgibt.

»Gehen wir zusammen duschen?«, fragt er mich schließlich. Ich hebe den Kopf von seiner Brust und blinzele zu ihm auf.

»Liebend gerne. Hätte nicht gedacht, dass das wirklich so viel Spaß macht, wie es in Pornos immer aussieht.«

Brooks grinst vielsagend. »Pornos, huh? Was schaust du denn so?«

Verlegen lache ich auf und streiche mir durchs Haar. »Alles im BDSM-Bereich, hauptsächlich. Und Boyfriend Sex.«

Brooks zieht seinen Arm unter mir hervor und steht aus dem Bett auf. Er hält mir eine Hand hin, um mir auf die Beine zu helfen. *»Boyfriend Sex.* Das können wir probieren.«

Er zieht mir noch auf dem Weg ins Bad die Klamotten aus und küsst meine Wange, den Hals und meine nackte Schulter. Ein Schauer überkommt mich bei seinen sanften, aber bestimmten Berührungen. Das fühlt sich so gut an. Wenn ich mit ihm nach New York kommen würde, könnte ich das womöglich jeden Tag haben …

»Du hast mir einen Knutschfleck verpasst«, bemerkt er, als er gerade dabei ist, an meiner Haut zu saugen.

»Das habe ich«, bestätige ich und streiche mit den Fingerkuppen über den blauen Fleck an seinem Hals, der sich allmählich lila verfärbt. Irgendwie beflügelt es mich, dass er meine Markierung auf sich trägt, auch wenn ich weiß, dass Knutschflecke nicht gut für die Haut sind.

»Habe ich dir das erlaubt?«

Ich schlucke trocken. »Nein.«

»Nein«, bestätigt Brooks bedächtig und streicht mit dem Daumen über meinen harten Nippel. »Du warst ein unartiger Junge.«

»Vielleicht.«

Er lacht schnaubend gegen meinen Hals.

»Das ruft nach einer weiteren Bestrafung, nicht wahr?« Brooks drückt mich an sich und ich schlinge aus Reflex die Arme um seinen Hals. Den Stoff seiner Klamotten auf meiner nackten Haut zu spüren, ist auf merkwürdige Weise berauschend.

»Bitte nicht wieder Orgasmusverbot«, murmele ich.

»Ist es so klug, mir das zu sagen? Dann weiß ich immerhin, was deine Schwachstelle ist.«

Gequält stöhne ich auf. »Bitte nicht, Brooks. Ich meine *Sir*. Du bist doch der beste Dom, den es gibt, deshalb würdest du mir das nicht antun, oder?«

»Aha, frech und manipulativ«, haucht er mir ins Ohr. »Das werde ich mir merken. Jetzt gehen wir erstmal duschen und währenddessen überlege ich mir etwas.«

»Oh-oh. Das klingt gefährlich.«

»Ab unters Wasser mit dir.«

Ich trete in die Kabine und stelle die Duschbrause an. Es fließt angenehm warm auf meinen Kopf. Sekunden später tritt Brooks zu mir.

»Was gefällt dir an Boyfriend-Sex?«, hakt er nach. Offenbar beschäftigen ihn noch meine Porno-Vorlieben.

»Dasselbe wie bei BDSM-Pornos.«

Ihm entfährt ein überraschtes Lachen. »Das erscheint mir etwas widersprüchlich, Süßer.«

»Na ja, es geht um die Vertrautheit zwischen Dom und Sub. Der Sub vertraut seinem Dom und dieser führt ihn, bringt ihn an seine Grenzen und sorgt dafür, dass er sich gut fühlt. Besser als jemals zuvor. Genau dasselbe passiert beim Boyfriend Sex.«

»Interessant«, murmelt Brooks. Er hebt mein Kinn und sieht mir in die Augen, streicht mit dem Daumen das Wasser von meinen Wangen. Erwartung kribbelt in meinem Körper, ich halte sogar den Atem an, bis er sich endlich vorbeugt und seine Lippen über meine streichen.

»Brooks«, murmele ich.

Er vertieft den Kuss nicht, dreht mich herum und drückt mich gegen die kühlen Fliesen. »Stell dir vor, wir sind seit fünf Jahren zusammen«, flüstert er mir zu und küsst liebevoll meine Schulter. »Wir wohnen in einem wunderschönen Apartment mit grandiosem Ausblick, aber die Stadt ist so voll um die Weihnachtszeit, weswegen wir uns entschieden haben, eine verschneite Hütte in den Bergen anzumieten.«

Während er spricht, greift er um mich herum und streichelt meinen bereits harten Schwanz. Genießerisch schließe ich die Augen und lehne den Kopf gegen ihn.

»Haben wir auch einen Hund?«

»Hmh, klar. Nachdem du mir erfolgreich geholfen hast, meine Angst zu überwinden, haben wir uns einen wunderbaren kleinen Dachshund ...«

»Deutschen Schäferhund«, korrigiere ich ihn.

»Sicher, einen deutschen Schäferhund geholt. Ein gefährliches Raubtier in unseren vier Wänden. Herrlich.«

Ein Lächeln zeichnet meine Lippen. »Die Vorstellung gefällt mir.«

»Klar, ich bin auch der beste feste Freund, den du dir wünschen kannst. Boyfriend-Material durch und durch.«

Eindeutig.

»Und nach fünf Jahren haben wir immer noch grandiosen Sex?«

»Besser als jemals zuvor«, bestätigt Brooks. »Ich meine, sieh mal an. Du bist schon hart, wenn ich dich nur kurz berühre.«

Ich grinse. »Stimmt. Du bist aber auch so heiß.«

»Wir kennen uns in- und auswendig.« Er küsst meinen Nacken, meine Schulter und meine Wirbelsäule hinab. »Ich weiß, was du magst. Womit ich dich verrückt machen kann.«

»Du kannst mich mit ziemlich allem verrückt machen«, keuche ich. »Alles, was du tust, ist so unglaublich erregend.«

»Ich weiß, mein Schatz.« Brooks stellt meine Beine weiter auseinander und sein Atem trifft heiß mein Loch. Meine Eier ziehen sich zusammen bei der Vorstellung, was er gleich tun wird. Flach presse ich die Hand gegen die Fliesen.

Doch Brooks geht diesen Schritt nicht, er richtet sich wieder auf und dreht mich herum. Er küsst mich leidenschaftlich, drängt seinen Körper gegen meinen, sodass ich seinen harten Schwanz an meinem spüre. Ergeben stöhne ich auf.

»Baby«, flüstere ich gegen seine Lippen. »Ich muss dich spüren.«

»Willst du von mir gefickt werden?«

»Bitte«, wimmere ich.

»Zuerst machen wir dich sauber.« Brooks lacht leise. »Bevor wir dich wieder dreckig machen.«

Das ist die schnellste Dusche aller Zeiten, bevor wir zurück im Bett landen. Brooks benutzt das Gleitgel, fickt mich mit seinen Fingern und dehnt mich ausgiebig, um mich schlussendlich mit seinem Schwanz auszufüllen.

Es ist liebevoll und rau gleichzeitig, wie er mich in die Matratze vögelt. Ich vergrabe das Gesicht im Kissen, während er mir schmutzige Sachen ins Ohr flüstert und mich in den Himmel befördert.

In der zweiten Runde sehen wir uns in die Augen, Brooks verschränkt unsere Finger und nimmt mich langsam und sinnlich. Boyfriend-Sex vom Feinsten. Besser hätte ich es mir nicht ausmalen können.

Danach muss ich mich tatsächlich noch einmal säubern, aber das war es definitiv wert.

»Nicht anziehen«, befiehlt Brooks, als ich in meine Unterwäsche schlüpfen will. Er zieht mich zu sich heran und küsst mich auf den Mund.

»Soll ich etwa den ganzen Tag nackt herumlaufen?«, frage ich scherzhaft, aber Brooks bleibt ernst.

»Genau das. Wenn dir kalt wird, musst du dich wohl oder übel an mich kuscheln.« Sein rechter Mundwinkel hebt sich leicht an. »Diesmal nicht einmal Unterwäsche, auch wenn diese Spitze verdammt heiß an dir aussah ... aber, nein, das machen wir ein anderes Mal.«

Tief atme ich durch und blinzele zu ihm hoch. »Die Vorstellung gefällt mir«, gebe ich zu.

»Du bist mein Freund.« Brooks umfasst mein Kinn und haucht mir einen Kuss auf die Lippen. »Mein fester Freund und mein Sub. Zumindest einen Tag lang.«

»Ja.« *Für ein ganzes Leben,* würde ich am liebsten sagen. Es ist erschreckend, dass dieses Szenario gar nicht so unmöglich erscheint, wenn ich nur den Mut aufbringe, Ja zu ihm zu sagen.

Ich wünschte, es wäre leichter. Ich wünschte, ich hätte mehr Gründe, das Angebot abzulehnen. Das wäre weniger beängstigend.

Brooks scheint von meinem inneren Zwiespalt nichts mitzubekommen, er gibt mir einen weiteren Kuss und leckt dann über meinen Hals. »Du bist mir den ganzen Tag hilflos ausgeliefert. Das Gleitgel nehme ich besser mit. Ich werde es einige Male heute brauchen.«

Ich schlucke und lehne mich in seine Berührung. Okay. Für einen Tag kann ich mich dem Gedanken hingeben, dass dieser unglaubliche Mann tatsächlich mein *fester Freund* sein möchte.

»Ich mache uns Frühstück«, schlage ich vor, doch Brooks schüttelt den Kopf.

»Du wirst dich auf die Couch setzen und mein braver Junge sein, während ich mich darum kümmere.«

»Du umsorgst mich so gut«, murmele ich und erwidere die Umarmung fest. »Danke, Baby.«

Er lächelt sanft. »Ich mag es, wenn du mich so nennst.«

»Echt?«

»Ja, das gibt mir ein gutes Gefühl.« Er vergräbt das Gesicht an meinem Hals. »*Du* gibst mir ein gutes Gefühl.«

Wie, verdammt, habe ich diesen Mann nur verdient? Er ist viel zu gut für mich.

Das ist doch ein Traum, oder? Womöglich auch ein Weihnachtswunder.

»Komm mit.« Brooks legt die Hände unter meinen Hintern und hebt mich leichthin auf seine Hüften. Er trägt mich ins Wohnzimmer, wo er mich auf der Couch absetzt.

»Die bleibt nur so lange, bis ich wieder zurück bin«, stellt er klar, während er eine Wolldecke über mir ausbreitet. »Ich will nicht, dass du dich erkältest.«

»Danke«, schmunzele ich und sehe ihm nach.

Ruhe überkommt mich, als ich mich in die Decke kuschele. Das fühlt sich so gut an. Ob es dasselbe wäre, wenn ich mit ihm nach New York komme? Brooks muss im neuen Jahr sicher wieder arbeiten und auch ich würde mich auf Jobsuche begeben. Der Alltagsstress würde uns einnehmen und all das Gute heraussaugen, oder?

Ich verdränge die negativen Gedanken und träume stattdessen ein bisschen vor mich hin. Male mir aus, wie es wäre, wenn alles perfekt läuft. Ich würde mich in New York und sein Apartment verlieben, seine Freunde würden mich gut aufnehmen, ich würde einen Job finden und jeden Abend mit diesem atemberaubenden Mann verbringen.

Wir liegen den ganzen Vormittag faul auf der Couch, Brooks kuschelt sich zu mir unter die Decke und streichelt meine nackte Haut. Noch vor dem Mittagessen fingert er mich bis zum Orgasmus und fickt mich ein weiteres Mal.

»Ich liebe es, dich kommen zu sehen«, flüstert er gegen meine Haut. »Du bist so schön, Jamie.«

»Ist es Aufgabe eines festen Freundes, so kitschiges Zeug zu sagen?«, scherze ich, weil ich nicht weiß, was ich sonst darauf erwidern soll.

»Es ist die Wahrheit«, beharrt Brooks ernst. »Das sind keine neuen Informationen für dich, oder? Dass du wahnsinnig heiß und wunderschön bist?«

Ich vergrabe das Gesicht in der Decke, Blut schießt in meine Wangen. »Hör auf«, nuschele ich.

Brooks küsst meine Schulter und reibt die Nase an meinem Hals. »Nein, mein Schatz. Ich werde es dir noch oft sagen.«

Mein Herz wird schwer, denn das bedeutet, dass wir mehr Zeit haben als die vier verbleibenden Tage. Glaubt er daran, dass ich sein Angebot annehme? Dann ist er optimistischer, als ich es bin.

Mir ist bewusst, dass Jamie Unsicherheiten mit sich trägt, aber es ist mir völlig unverständlich, wie er nicht sehen kann, was ich sehe.

»Komm mit, Süßer«, fordere ich ihn auf und löse mich von ihm, damit er sich erheben kann. Er fröstelt ein wenig, als ich die Decke wegziehe, eine sanfte Gänsehaut überzieht seinen Körper.

»Gehen wir etwa raus?«, fragt er amüsiert.

»Nein, dieser Anblick gehört nur mir.« Ich fahre mit den Fingern seinen Hüftknochen entlang bis zu seiner Seite. »Nenn mich einen Höhlenmenschen, aber du bist mein Eigentum und nur ich darf dich nackt sehen.«

»Du bist der Einzige«, verspricht er und umfasst mein Handgelenk. Er kaut auf seiner Unterlippe, was niedlich aussieht und mich gleichzeitig scharf macht. Dabei sieht er so herrlich unschuldig aus.

»Bin ich auch der Einzige, dem du Bilder von dir geschickt hast?«, hake ich nach. Darüber haben wir noch nie gesprochen und eigentlich sollte es keine Rolle spielen, aber ich bin dennoch froh, als er nickt.

»Ich habe vor dir mit ein paar anderen Typen bei *darkdomfantasies* geschrieben, doch das war nicht annähernd so intensiv.«

»Gut.« Ich ziehe ihn zu einem Kuss heran und zu noch einem. Dann reiße ich mich zusammen und führe ihn ins Schlafzimmer. »Setz dich bitte hierhin.«

»Vor den Spiegel?«, fragt er verblüfft.

»Jap.«

»O-okay.«

Jamie kaut weiter auf seiner Unterlippe herum und folgt meiner Anweisung, wenn auch zögerlich. Ich hocke mich hinter ihn und schlinge einen Arm um seine Mitte.

»Was siehst du?«, frage ich.

»Ähm … mich selbst und dich?«

»Ja, okay«, schmunzele ich. »Soll ich dir sagen, was ich sehe?«

»Wenn du darauf bestehst.«

Es ist ihm offenbar unangenehm und mir entgeht nicht, wie er ständig den Blick senkt, um sich nicht selbst ansehen zu müssen. Mein Herz schmerzt für ihn. Wer hat ihm nur das Gefühl gegeben, dass er nicht gut genug ist? Ich wünschte, ich könnte das für ihn rückgängig machen.

»Ich sehe deine braunen Haare, in die ich nur allzu gerne die Finger vergrabe.« Und genau das tue ich jetzt. »Sie fühlen sich so weich und perfekt an. Ich liebe es, sie zu durchwühlen. Dann siehst du so wild aus.«

»Eher wie ein Idiot«, schmunzelt er und zupft seine Strähnen wieder zurecht. Ich bringe sie erneut durcheinander, bis er befreit lacht. Das ist ein Anfang.

»Ich sehe dein schönes Gesicht.« Von hinten umfasse ich sein Kinn und drehe es so, dass er sich selbst wieder in die Augen blicken muss. »Deine ausdrucksstarken Augen, die jederzeit deine Emotionen zeigen, deine süßen Sommersprossen, dein Grübchen, wenn du lächelst.«

Jetzt gerade lächelt er nicht, er ist ganz ernst, aber zumindest wendet er nicht den Blick ab, sondern sieht sich selbst an.

»Ich liebe deinen Hals, deine Schultern, deine Brust und die kleinen, perfekten Nippel.« Ich drücke die Lippen gegen seine Haut. »Dein Bauch, deine runden Backen, deinen Schwanz, der die perfekte Länge und Dicke hat und so überaus gut in meine Hand passt. Und in meinen Mund.«

Jamie stöhnt leise, als ich beginne, eben diesen Schwanz zu streicheln.

»Deine Oberschenkel, die Waden, sogar deine Füße finde ich anziehend, selbst wenn ich diesen normalerweise bei Gott nichts abgewinnen kann. Aber bei dir? Bei dir finde ich alles erregend.«

»Es ist unfair, mir einen runterzuholen«, keucht er, drängt sich meinen Berührungen aber entgegen.

Süffisant grinse ich. »Du gehörst mir, ich kann jederzeit tun, was ich will.«

»Das kannst du«, bestätigt er und erschauert, als ich seinen Schaft massiere.

»Streck die Arme über den Kopf und halt dich an mir fest«, befehle ich. Jamie tut es, ohne zu zögern. Seine Lider flattern, aber ich weise ihn an, sie offen zu halten. Er soll sehen, wie wunderschön er ist, wenn er kommt. Sein Brustkorb hebt und senkt sich schwer.

»Du bist mein«, wiederhole ich und küsse seine Wange. »Ich kann dich haben, wann ich will, und ich kann dich mit nach Hause nehmen, wenn ich das will.«

»Ja, bitte«, wimmert er. Er ist kurz vorm Kommen und ich weiß, dass er gerade allem zustimmen würde, damit ich ihm den Orgasmus beschere, an dessen Klippe er so verzweifelt steht.

»Du wirst mein Zuhause lieben«, verspreche ich ihm. »Und wenn nicht, suchen wir uns ein Neues. Und du wirst deinen Hund bekommen und alles andere, was du möchtest.«

»Brooks«, stöhnt er. »Ich liebe dich.«

Mein Herz zieht sich bittersüß zusammen.

Viel zu früh, zu bedeutend, zu groß für die fragile Beziehung, die wir aufgebaut haben. Aber ich kann nicht anders. Ich fühle es in diesem Moment mit jeder Faser meines Körpers.

»Ich liebe dich auch, Jamie.«

Der Tag geht viel zu schnell rum, genauso wie dieser ganze Urlaub. Am nächsten Morgen erlaube ich Jamie, wieder Klamotten anzuziehen, weil es noch ein paar Grad kälter wird und der Kamin nicht mehr mithalten kann.

»Ich werde Feuerholz besorgen«, schlage ich beim Frühstück vor. Wir beide wärmen uns die Finger an unseren Tassen. »Begleitest du mich?«

»Sehr gerne.« Über den Tisch hinweg lächelt er mich zögerlich an. »Können wir George auf dem Weg dorthin besuchen? Vielleicht braucht er Hilfe bei irgendetwas.«

Ich schmunzele. »Natürlich. Du magst ihn, hm?«

»Ja«, gesteht er. »Er ist nett und hat mich aufgenommen, als ich verzweifelt war. Außerdem mag ich seine Geschichten.«

»Okay, dann gehen wir gleich los. Willst du die Tage nochmal Ski fahren?«

Er rümpft die Nase. »Nicht unbedingt. Es hat Spaß gemacht, aber ich bin lieber mit dir zusammen und am liebsten nackt dabei.«

Befreit lache ich auf. »Verstehe, dagegen kann ich nichts einwenden. Dann wird es nur ein kurzer Spaziergang.«

Niemand hat unsere Worte von gestern angesprochen, Jamie hat mir für zwei Stunden nicht mehr in die Augen gesehen, aber danach war alles wie immer. Wir haben gelacht, uns unterhalten und guten Sex miteinander gehabt. Ich habe nicht vor, darauf zu beharren. Wir werden hoffentlich noch viele Gelegenheiten haben, die Worte zu wiederholen und ihre Bedeutung zu vertiefen.

Wenn er denn mein Angebot annimmt.

Wir machen uns gleich auf den Weg, statten dem kleinen Café noch einen Besuch ab und kehren am frühen Nachmittag wieder zurück. George hat uns auf einen Tee eingeladen und sich versichert, dass es Jamie gut geht und ich ihn nicht gegen seinen Willen festhalte.

»Du siehst so heiß aus als Holzfäller«, sagt Jamie später, als wir zurück in unserer Hütte sind. Er hockt auf meinem Schoß und bewegt sich auf mir, während wir uns leidenschaftlich küssen. »Wie du das Feuerholz so problemlos über die Schulter geworfen hast ...«

»Du bist leicht zu beeindrucken«, necke ich ihn zwischen zwei Küssen.

Ich streichele seinen Rücken, ziehe an seinem Shirt und tauche mit den Händen unter seine Klamotten.

»Stimmt nicht, aber du bist der schönste und schärfste Mann, der mir je begegnet ist.«

Ich ziehe den Kopf zurück und hebe eine Augenbraue. »Wow.«

»Das ist mein Ernst, Brooks.« Er streicht über meinen Kiefer und fährt mit dem Daumen über meine Unterlippe. Eine Gänsehaut überkommt mich. »Keine Ahnung, wie du es geschafft hast, so lange Single zu bleiben, ich habe scheinbar wahnsinniges Glück.«

»Du bist so süß«, lache ich. Sicher ist mir bekannt, dass ich attraktiv bin und leichtes Spiel bei Männern habe, aber aus Jamies Mund bedeutet es mir so viel mehr. Er ist mein Junge, er hat mir bisher so viel Vertrauen geschenkt und ich hoffe, noch ein bisschen mehr zu erhalten.

»Geh vor mir auf die Knie«, murmele ich raunend und lasse seine Hüften los, damit er dem Befehl Folge leisten kann. Er fackelt nicht lange, steigt von meinem Schoß und kniet sich zwischen meine Beine. Ich hole meinen Schwanz heraus und pumpe ihn ein paar Mal.

Jamie leckt sich erwartungsvoll die Lippen und blinzelt zu mir auf. Ich strecke die Hand aus und fahre durch sein Haar.

»Willst du ihn in den Mund nehmen?«

»Nichts lieber als das«, erwidert er rau.

»Guter Junge.« Ich umfasse den Schaft und dirigiere Jamies Kopf näher zu meiner Härte. »Leg los, Süßer. Ich will deine Lippen und deine Zunge spüren.«

Er fängt an, die Eichel zu küssen, fährt mit den Lippen über die ganze Länge bis zu meinem Schaft. Dann wird er mutiger, schließt genießerisch die Augen und setzt auch seine Zunge ein.

Ich kann den Blick nicht von ihm abwenden, es ist so faszinierend, ihm dabei zuzusehen, wie er meinen Schwanz mit dem Mund erkundet.

»Das machst du sehr gut«, lobe ich ihn und wuschele liebevoll durch sein Haar. »Es fühlt sich so gut an, mein Süßer.«

Jamie fährt fort damit, die Eichel in den Mund zu nehmen und zu saugen, was mich endgültig in den Himmel befördert. Ich lasse ihn ausprobieren, wie tief er mich aufnehmen kann, ohne, dass ich ihn dirigiere.

Erst, als ich langsam ungeduldig werde, fasse ich in sein Haar und übernehme die Kontrolle.

»Ich liebe es, Süßer«, keuche ich. »Das machst du so gut. So ein guter Junge.«

Ich komme schließlich tief in seiner Kehle, mein Saft läuft aus seinem Mundwinkel über sein Kinn, er keucht und hustet ein wenig, aber seine Augen strahlen.

»Du schmeckst so verdammt gut«, sagt er mit rauer Stimme. »Ich kann nicht genug davon bekommen. Ich will mehr, Brooks.«

Mit dem Daumen streiche ich das Sperma von seinem Kinn und lasse es ihn von meiner Hand lecken. Er saugt beinahe so gut an meinem Daumen, wie er es an meinem Schwanz getan hat.

»Komm auf meinen Schoß«, weise ich ihn an. Jamie lässt sich nicht zweimal bitten, er erhebt sich und gleitet rittlings auf mich. Seine Härte drückt an meinen Bauch und zeigt mir, wie scharf er ist.

»Ich bin kurz davor«, murmelt er und verschränkt die Hände in meinem Nacken. Seine Lider flattern. »Bitte, darf ich kommen?«

»Einen Moment.«

Er stöhnt gequält, was mich wiederum grinsen lässt.

»Keine Sorge, ich werde dich heute noch oft kommen lassen.«

»Wirklich?«, fragt er hoffnungsvoll.

»Ja. Ein Vorgeschmack auf unser zukünftiges Leben.« Etwas glimmt in meiner Brust auf, das sich wie Vorfreude anfühlt. »Ich hoffe, du sagst ja, Jamie. Denn ich verfalle dir jeden Tag ein bisschen mehr.«

»Ja«, keucht er.

Ich wünschte, das wäre seine finale Antwort, aber ich weiß, dass er gerade in einem Kurz-vor-dem-Orgasmus-Hoch steckt. Ich lasse ihn nicht länger warten, bugsiere ihn auf die Couch und ziehe ihm Hose und Unterwäsche aus, um den Gefallen zu erwidern.

»Ja«, murmelt er leise, nachdem wir uns zusammen unter die Decke gekuschelt haben. Der Kamin knistert nach wie vor fröhlich vor sich hin.

Jamie richtet sich halb auf, stützt den Unterarm neben mir ab und blickt auf mich herab. Seine Wimpern werfen Schatten auf sein Gesicht und lassen es noch heller strahlen als ohnehin schon. »Es macht mir wahnsinnige Angst und löst ein bisschen Panik in mir aus, aber schlimmer ist die Vorstellung, in mein altes Leben zurückzukehren und dich nie wiederzusehen.«

Mein Herz schlägt schneller und lauter, als mir bewusst wird, was er mir gerade sagt. Ich umfasse seine freie Hand und verschränke unsere Finger. »Du wirst mit mir mitkommen?«, frage ich sicherheitshalber, um es endgültig aus seinem Mund zu hören.

Er beißt sich auf die Unterlippe. »Es gibt wahnsinnig viel zu tun, ich muss zuerst meine Wohnung kündigen.

Außerdem muss ich meine Sachen holen und mich von meiner Mitbewohnerin verabschieden.«

»Ich begleite und unterstütze dich bei allem«, verspreche ich. »Bis Neujahr habe ich frei. Nach den Weihnachtsfeiertagen können wir zu deiner Wohnung fahren und einen Laster mieten. Meine Freunde werden helfen, alles einzuladen.«

»Ich will sie nicht gleich überfordern.«

»Ach, was. Wenn sie herkommen, können sie auch mit anpacken«, meine ich grinsend. »Mach dir um sie keine Sorgen. Sie lieben mich zu sehr, um sauer deswegen zu sein. Ich bin ohnehin der Coolste aus der Gruppe, ohne mich wären sie verloren.«

Jamie lacht befreit auf und lässt sich wieder neben mich fallen. »Ich werde ihnen sagen, wie selbstgefällig du über sie redest.«

»Hey, Verräter«, murre ich scherzhaft und vergrabe das Gesicht an seinem Hals, um in seine empfindsame Haut zu beißen. Jamie zischt und schlägt mich weg. Wir lachen beide und rollen uns auf der Couch herum.

Ich fühle mich so leicht und frei. Glücklich. Alles zwischen uns ist genau richtig gelaufen und jetzt hat Jamie zugestimmt, zu mir nach New York zu ziehen. Kein Abschied in Sicht.

Fest schlinge ich die Arme um seine Mitte und drücke ihn an mich. Ich habe wirklich nicht vor, ihn in naher Zukunft wieder gehen zu lassen.

Kapitel 23: Weihnachtsstimmung
Brooks

Irgendwie habe ich damit gerechnet, dass Jamie seine Meinung wieder ändert. Es eher befürchtet. Aber die Tage vergehen und sein Entschluss scheint sich nur zu festigen. Schon am nächsten Morgen ruft er seine Mitbewohnerin an und diese sichert ihm zu, dass er bis zum Ende des Jahres aus dem Mietvertrag ausscheiden kann. Sie klingt ein wenig besorgt und besteht darauf, seinen *mysteriösen Freund* kennenzulernen, bevor er mit mir durchbrennt.

Ich habe nichts dagegen – wir müssen ohnehin noch die Sachen aus seiner Wohnung holen.

Aber das hat bis nach Weihnachten Zeit. Erst einmal können wir die Vorweihnachtsstimmung genießen. Ich überrede Jamie, den Freitag auf der Skipiste zu verbringen und danach fallen wir todmüde ins Bett. Am nächsten Morgen besorge ich Frühstück von *Littles Bakery* und wecke Jamie mit dem Duft von frisch gebrühtem Kaffee.

»Du bist der Beste«, murmelt er verschlafen und reibt sich die Augen. Dankbar greift er nach der Tasse, nimmt einen Schluck und stöhnt genüsslich.

Keine Ahnung, wie er das Zeug trinken kann, aber ich muss dringend eine Maschine für mein Apartment besorgen.

»Magst du lieber Filterkaffee oder einen Vollautomaten?«, frage ich und lege mich zu ihm ins Bett.

»Filterkaffee kann man gut hinbekommen mit dem richtigen Pulver, aber nichts geht über einen echten Automaten. Als ich noch im Café gearbeitet habe, gab es den umsonst.«

Ich greife nach meinem Handy, entsperre den Bildschirm und drücke es Jamie in die Hand. »Such aus und bestell, was du brauchst. Meine Kreditkarteninformationen sind eigentlich auf allen Websites hinterlegt, ansonsten frag mich einfach.«

Jamie starrt mich mit großen Augen an. »Was meinst du?«

»Du wirst in meiner Wohnung eine Kaffeemaschine brauchen«, erkläre ich. »Die habe ich definitiv nicht da. Alles andere, was du noch benötigst, können wir nach und nach besorgen.«

Er gibt mir mein Handy zurück, ohne auch nur einen Blick darauf geworfen zu haben. »Das ist nicht nötig, Baby. Ich habe eine Maschine in meiner Wohnung, die wir mitnehmen können. Die ist völlig ausreichend.«

»Das Geld spielt keine Rolle«, versichere ich ihm sanft. »Ich will, dass du guten Kaffee bekommst und dich bei mir wohlfühlst.«

Ich merke, wie er schluckt und den Blick senkt. »Das ist alles noch so surreal für mich, Brooks, und ich will dich nicht ausnutzen.«

Mein Herz schmerzt für ihn. Mir hat es damals keine Probleme bereitet, das Geld meines Onkels auszugeben, aber ich hatte auch das Gefühl, dass es mir zusteht, nachdem er mich im Stich gelassen hat. Doch Jamie? Er hat schon von früh auf gelernt, dass es nichts im Leben umsonst gibt und er für alles arbeiten muss. Wie soll ich ihm nur verklickern, dass das jetzt vorbei ist? Dass ich ihn mit allem überschütten will?

Ich greife nach der Tasse zwischen uns und stelle sie auf dem Nachttisch ab, damit ich Jamie in eine feste Umarmung ziehen kann. Er versinkt darin und vergräbt das Gesicht an meiner Brust.

»Du bist so lieb zu mir«, murmelt er. »Womit habe ich dich nur verdient?«

»Du musst dir nichts verdienen, mein Süßer«, gebe ich zurück und küsse seinen Kopf. »Vor allem nicht meine Zuneigung und Fürsorge.«

Er seufzt schwer und ich bereue, die unbeschwerte Stimmung der letzten Tage gekippt zu haben.

Für eine Weile schweige ich und halte ihn nur fest an mich gedrückt.

»Weißt du, was wir heute machen?«, frage ich schließlich euphorisch.

Jamie hebt den Kopf und mustert mich neugierig. »Was denn?«

»Wir backen Plätzchen. Marie wird morgen vermutlich eine ganze Ladung mitbringen, weswegen wir nicht zu viele machen sollten, aber auf ein paar Lebkuchenmännchen und Erdnusskekse hätte ich schon heute Lust.«

»Hast du nicht einen Haufen Zimtschnecken mitgebracht?«, fragt Jamie amüsiert.

»Die gibt es zum Frühstück«, schmunzele ich. »Die Plätzchen zum Mittagessen und abends vernasche ich dich.«

Jamie lacht befreit auf. »Guter Plan, du kleine Naschkatze.«

»Mhm«, brumme ich über diesen neuen Kosenamen. »Normalerweise kann ich mich besser beherrschen. Ich habe in diesem Urlaub bestimmt fünf Pfund zugelegt.«

»Ich mag dein kleines Bäuchlein. So sexy.« Jamie rutscht tiefer und küsst meinen Bauch, auf dem die Muskeln eindeutig noch gut zu sehen sind.

»Wie gemein«, schmolle ich. »Wie willst du das nur jemals wieder gutmachen?«

»Bleib liegen, ich komme gleich wieder.« Jamie steigt aus dem Bett und verschwindet aus dem Schlafzimmer. Fünf Minuten später kommt er mit frisch gebrühtem Tee und den aufgewärmten Zimtschnecken zurück.

»Das riecht herrlich. Danke, mein Süßer.«

Er kuschelt sich an mich und gemeinsam verspeisen wir die klebrigen Köstlichkeiten. Danach machen wir es uns auf der Couch gemütlich und schmeißen den Fernseher an, doch keiner von uns konzentriert sich sonderlich auf den Film.

Wir küssen uns, mal träge, mal sinnlicher, ziehen uns aus und kuscheln nackt unter der Decke. Jamies Haut auf meiner zu spüren ist immer noch atemberaubend und mit jedem Mal intensiver. Ich kann einfach nicht genug von ihm bekommen und je öfter ich ihn anfasse, ihm in die Augen sehe und ihn zum Lachen bringe, desto mehr will ich von ihm.

Ich kann es nicht leugnen: Ich verliebe mich gerade Hals über Kopf mit einer Geschwindigkeit und Intensität, die mir neu ist.

»Wie viel Beziehungen hattest du schon?«, fragt Jamie mich neugierig, als wir ein paar Stunden später mit dem Backen anfangen. Ich bin gerade dabei, alle Zutaten aus den Schränken zusammenzusuchen, halte jetzt aber inne und sehe ihn über die Schulter hinweg an.

»Das interessiert dich?«, frage ich verblüfft.

Er zuckt mit den Schultern. »Ja, wieso nicht? Du weißt immerhin auch von meiner sexuellen Vergangenheit.«

Ich schmunzele. »Ich hatte eine ernsthafte Beziehung, die jedoch nach einem Jahr wieder vorbei war. Der Grund war derselbe, warum auch alle anderen Liebschaften nie ernster geworden sind: die Arbeit. Die stand bisher in der Prioritätenliste ganz oben.«

»Bisher?«, fragt Jamie zögerlich.

Ich stelle das Mehl zu den anderen Zutaten und drehe mich vollends zu ihm herum. Sanft umfasse ich seine Handgelenke und ziehe ihn zu mir, küsse seine Stirn und reibe mit der Nase über seine Wange.

»Bis jetzt«, bestätige ich. »Wenn du bei mir bist, werde ich kürzertreten und mehr Zeit mit Dingen verbringen, die mir Spaß machen.«

Jamie zögert, dann lächelt er jedoch, was mein Herz ganz warm werden lässt. »Es ist sicherlich gesund, weniger zu arbeiten.«

»Und mehr Sex zu haben.«

Er lacht befreit. »Das auch, ja.«

Ich platziere noch einen Kuss auf seine Stirn, bevor ich ihn loslasse. »So, jetzt müssen wir nur das Rezept befolgen und hoffen, dass wir in ein paar Stunden leckere Plätzchen futtern können.

Später am Abend sind wir beide so voll von all dem Süßkram, dass wir ziemlich bewegungsunfähig auf der Couch lümmeln. In der ganzen Hütte riecht es nach Erdnussbutter und Zimt, die Lichterketten beleuchten die Wände und Kerzenlicht flackert. Wir betrachten das Schneetreiben vor der Hütte, einzelne Schneeflocken bleiben auf dem Fenster kleben.

»Unglaublich, dass morgen schon Weihnachten ist«, murmelt Jamie. Er spielt mit meinen Fingern, die auf seinem Bauch liegen. Seine Berührungen lösen einen warmen Schauer aus.

»Ja, oder? Wir sollten das zu einer Tradition machen.«

»So viel zu essen, dass wir uns nicht mehr bewegen können?«

Ich lache schnaubend. »Nein, ich meine, über Weihnachten frei zu nehmen und irgendwo unterzutauchen.«

»Das klingt schön.« Jamie seufzt verträumt und schweigt eine ganze Weile. Dann fragt er zögerlich: »Meinst du, es klappt zwischen uns? Glaubst du, dass wir in einem Jahr noch zusammen sind?«

»Ja.« Darüber muss ich gar nicht lange nachdenken. »Wird es schwieriger, als es die letzten zwei Wochen war? Ganz bestimmt.

Aber es liegt in unserer Hand. Wir können dafür sorgen, dass es klappt.«

Er kuschelt sich enger in meine Umarmung. »Danke, dass du mich nicht aufgibst. Ich weiß, dass ich es dir nicht leicht gemacht habe.«

»Ach«, winke ich grinsend ab. »Ich schrecke doch nicht vor einer Herausforderung zurück, Frechdachs.«

Kapitel 24: das Fest

Jamie

Ich glaube, so nervös war ich noch nie in meinem Leben. Brooks' Freunde wollten um die Mittagszeit ankommen, haben aber keine genaue Uhrzeit genannt. Seit zwölf Uhr schaue ich ständig aus dem Fenster auf der Suche nach einem näherkommenden Auto.

»Du wirst sie früh genug kennenlernen«, sagt Brooks amüsiert und tritt hinter mich. Er schlingt die Arme um meine Mitte und küsst meinen Hals. »Wir hätten vielleicht noch Zeit für einen schnellen ...«

»Hör auf«, zische ich und winde mich aus seiner Umarmung. »Deine Freunde könnten jeden Moment kommen. Ich will nicht halbnackt sein, wenn sie an der Tür klopfen.«

»Spielverderber«, zieht Brooks mich auf. »Du siehst übrigens verdammt heiß aus. Dieser Pullover steht dir überaus gut.«

»Ach, halt die Klappe«, murre ich. »Du willst mich nur verführen.«

Brooks schnalzt mit der Zunge und zieht mich wieder ein Stück näher. »Du kannst froh sein, dass ich dir deine Frechheiten durchgehen lasse. Für jetzt.« Er beugt sich vor und flüstert mir ins Ohr: »Wenn du so weitermachst, werde ich dir den Hintern versohlen.«

Ich schlucke und blinzele zu ihm hoch. »Tut mir leid, Sir.«

»Oh nein, dieser unschuldige Blick bringt dich jetzt auch nicht mehr in Sicherheit.« Er grinst und küsst mich auf den Mund. »Aber ich bin kein Monster, deswegen lasse ich dich fürs Erste in Ruhe.«

»Ich liebe dich«, stolpert es mir unbeholfen über die Lippen. Ich beiße sogleich die Zähne zusammen. »Ich meine, ich verliebe mich gerade in dich und das fühlt sich ziemlich intensiv an.«

Brooks wird sofort ernst und die spielhafte Strenge verschwindet aus seinem Blick. Er streichelt sanft über meine Wange. »Mir geht es ganz genauso, mein Schatz.«

Der innige Moment wird zerrissen, als ein näherkommender Motor draußen ertönt. Sofort drücke ich Brooks von mir weg und reibe die nassen Hände an der Hose ab. »Fuck, sie sind da. Scheiße. Müssen wir wirklich aufmachen?«

»Hast du mich gerade von dir weggeschoben?«, fragt er brummend und reibt sich schmerzhaft über die Brust, grinst dann aber. »Autsch.«

»Sorry, Baby.« Tief atme ich durch. »Ich bin nervös.«

»Ich weiß, schon okay.« Er ergreift meine Hand. »Halt mich einfach fest und bring es hinter dich.«

Mir bleibt ohnehin nichts anderes übrig. Brooks führt mich zur Tür und öffnet diese mit einem fröhlichen: »Hey Leute!«

»Hi, Süßer. Wie schön dich zu sehen!« Brooks muss mich doch loslassen, weil eine zierliche Rothaarige ihm um den Hals fällt. Mit einem erwartungsvollen Ausdruck auf dem Gesicht wendet sie sich mir zu. Sie strahlt. »Hallo, ich bin Marie.«

»Jamie.« Ich strecke ihr die Hand hin, aber sie zieht auch mich in eine Umarmung.

»Freut mich so sehr, Jamie. Gott, bist du süß. Ist er nicht süß, Gabriel?«

»Ja, furchtbar süß«, pflichtet ein großgewachsener Mann mit einem markanten Kinn und einer militärisch kurzen Frisur ihr bei und grinst mich an. Sein Lächeln lässt ihn sofort weicher und weniger gefährlich aussehen. »Hi, ich bin Gabe.«

»Freut mich. Ich habe viel von euch gehört.«

»Hoffentlich nur Gutes.« Ein weiterer Mann schiebt Gabe zur Seite und mustert mich neugierig. Er trägt seine halblangen Haare zu einem Dutt gebunden und hat den dichten Bart ordentlich gestutzt. Er stellt sich mir als Trevor vor. »Ramon holt gerade unser Gepäck«, erklärt er.

»Ihr lasst ihn echt den Packesel spielen?«, fragt Brooks empört und rollt mit den Augen.

Er verschwindet nach draußen, um Ramon offenbar zur Hilfe zu kommen. Oh Gott, lässt er mich gerade in den ersten Minuten mit seinen Freunden allein?

»Ähm, kommt rein«, sage ich unbeholfen und fahre mir nervös durch die Haare. »Seht euch ruhig um.«

»Ich muss erstmal auf die Toilette«, murmelt Gabe. »Zwölf Stunden Autofahrt und fünf Liter Energy-Drink vertragen sich nicht sonderlich.«

»Zu viele Informationen, Schatz«, flötet Marie und gibt ihrem Mann einen Schubs, ehe sie sich mir zuwendet.

»Muss aufregend sein, so viele neue Menschen auf einmal kennenzulernen«, meint sie mitfühlend. »Keine Sorge, wir werden dich nicht mit Fragen löchern.«

»Das ist beruhigend.«

»Nein, natürlich nicht. Erzähl nur etwas von dir. Wo bist du aufgewachsen, wie waren deine Eltern, wie ist Brooks im Bett?«, fragt Trevor mit so einer Ernsthaftigkeit, dass ich es ihm fast abkaufe.

Marie seufzt augenrollend und boxt ihm gegen den Oberarm. »Hör nicht auf diesen Schwachkopf, Jamie. Und Gott, Trev, willst du echt Details aus Brooks' Sexleben hören? Das ist ja widerlich.«

»Wirklich, *widerlich*?«, klinkt Brooks sich ein, der gerade mit zwei Reisetaschen zurück in die Hütte kommt. Seine Anwesenheit lässt mich augenblicklich ruhiger werden. Im Schlepptau hat er einen umwerfenden Mann mit graumelierten Schläfen und einer Aura, die mich sofort einnimmt.

»Jamie, ich bin Ramon«, stellt er sich vor und schüttelt kräftig meine Hand. »Hey, du bist süß. Kein Wunder, dass Brooks extra nach Chicago gekommen ist, um dich zu sehen. Nichts für ungut, aber Chicago ist beschissen im Gegensatz zu New York.«

»Babe, du überforderst ihn. Beleidige nicht seine Heimat in den ersten fünf Minuten«, klinkt Trevor sich ein, schlingt einen Arm um seine Schulter und zieht Ramon tiefer in die Hütte.

Brooks tritt näher an mich und streichelt mit einer Hand beruhigend meinen Nacken. Er lächelt. »Versorgen wir sie alle mit Wein. Nach dem ersten Glas sind sie erträglicher.«

»Das haben wir gehört!«, ruft Marie vom Wohnzimmer aus.

Ich erwidere Brooks' Lächeln und strecke mich zu einem keuschen Kuss, bevor ich ihm in die Küche folge und nach den Weingläsern angele.

Brooks' Freunde haben sich auf der Couch versammelt, irgendjemand hat Musik über den Fernseher angeschmissen und Ramon ist dabei, unsere Dekoration neu zu ordnen, Lichterketten anders zu arrangieren und für Kerzen bessere Plätze zu suchen.

»Sorry, ich konnte ihn nicht davon abhalten«, meint Trevor, als ich ihm Rotwein einschenke.

»Keine Sorge, das war ohnehin Brooks' Werk«, scherze ich.

»Hab ich mir schon gedacht«, brummt Ramon. »Wie kann man glauben, dass Kerzen so nah beieinander gehören? Mensch, Jungs.«

Mit einem Augenrollen lässt Brooks sich in den Sessel fallen. Er merkt, dass kein Platz mehr frei ist, weswegen er mich zu sich winkt. »Setz dich zu mir, Süßer.«

»Wow«, kommentiert Gabe trocken. »Es gab mal Zeiten, da war *ich* dein Süßer.«

»Tut weh, hah?«, meint Brooks. »Jetzt weißt du ja, wie ich mich gefühlt habe, als du mich durch Marie ersetzt hast. Plötzlich hat *sie* jeden Tag Schokolade von dir geschenkt bekommen.«

»Kumpel, sei froh darüber. Du hattest zu der Zeit echt nicht deine beste Figur.«

Brooks schmollt und schlingt den Arm fester um mich. »Nein, ich wurde von meinem besten Freund geliebt und das hat man gesehen.«

»Ich mochte den kuscheligen Brooks«, schwärmt Trevor. »Dann habe ich die ganzen süßen Twinks abbekommen.«

Ich schmunzele und streichele Brooks versöhnlich über den Hinterkopf. »Du sahst bestimmt gut aus.«

»Sah ich«, bestätigt Brooks. »Sieh dir nur nicht die alten Bilder an.«

Wir lachen alle und dann wird das nächste Thema angeschnitten. Marie hält ihr Wort, ich werde nicht gelöchert, die Freunde unterhalten sich ganz locker und hin und wieder werden mir unverfängliche Fragen gestellt.

Marie fängt gegen Nachmittag mit dem Kochen an und lehnt jede Hilfe kategorisch ab. Nach einer Weile riecht es in der ganzen Hütte himmlisch nach Essen. Die Plätzchen hat sie schon vorgebacken und auf dem Couchtisch abgestellt. Brooks weigert sich erst davon zu probieren, nach den Kommentaren seiner Freunde, doch irgendwann erweicht er sich und isst sich mit mir gemeinsam durch das Sortiment.

Es wird ein überraschend angenehmer und lustiger Nachmittag, ich fühle mich so wohl wie lange nicht mehr. Das liegt vor allem an Brooks, der mich immer wieder in eine Umarmung zieht, nach meiner Hand greift oder mir süße Küsse auf Mund, Wange und Stirn gibt.

Er integriert mich in die Gespräche, ohne aufdringlich zu sein, und erzählt mir bei Anekdoten die Hintergrundgeschichte.

Um achtzehn Uhr ruft Marie uns zum Essen. Wir haben nicht alle am Esstisch Platz, sodass wir unsere Teller vollladen und es uns auf dem Boden vor der Couch bequem machen. Es gibt Burger, Wraps und verschiedene Schichtsalate.

»Kein typisches Weihnachtsessen«, gesteht Marie. »Aber ich musste ausnutzen, mal nicht bei meiner traditionellen Familie zu sein.«

»Die schönste Tradition ist sowieso, mit seinen Liebsten zusammenzukommen und eine leckere Mahlzeit zu sich zu nehmen«, meint Ramon und prostet ihr zu.

Das hat er schön gesagt. Mir sind Burger ohnehin lieber als jedes typische Weihnachtsessen.

»Das sollten wir in Zukunft jedes Jahr so machen.« Marie tauscht einen Blick mit Gabe, der bekräftigend nickt. »Weihnachten mit der Familie zu feiern, die man sich selbst ausgesucht hat, ist viel entspannter und schöner.«

»Darauf trinken wir«, beschließt Trevor und hebt sein Glas. »Cheers, Freunde. Auf viele weitere Weihnachten zusammen.«

»Jamie wird zu mir nach New York ziehen«, sagt Brooks, nachdem wir uns die Bäuche vollgeschlagen haben. Ich halte den Atem an, weil ich nicht damit gerechnet habe, dass er das so offen anspricht.

»Puh, das beruhigt mich«, sagt Ramon als Erster. »Ich habe den ganzen Tag ein schlechtes Gewissen wegen meiner ehrlichen, aber uncharmanten Aussagen über Chicago. Doch jetzt wirst du ja ein waschechter New Yorker!«

Erleichtert lache ich auf und lehne mich gegen Brooks. »Stimmt, Chicago ist nicht besonders schön und der Vorort, in dem ich lebe, schon dreimal nicht.«

»Das werdet ihr bald selbst bewerten können, wenn ihr uns helft, seine Wohnung auszuräumen«, fügt Brooks mit einem unschuldigen Lächeln hinzu.

»Oh, großartig«, murmelt Trev. »Das ist eine Falle, Leute. Brooks will uns wieder zum kostenlosen Möbelpacken verdonnern.«

»Ihr müsst das nicht«, versichere ich und werfe Brooks einen vorwurfsvollen Blick zu. »So viel Zeug habe ich nicht. Das schaffe ich auch allein.«

Brooks schlingt grinsend einen Arm um mich und drückt mich an sich. »Sie scherzen nur. Trevor und Gabe lieben es, mir zu helfen.

Das ist ihr ganzer Lebensinhalt. Ich meine, abgesehen von ihren Ehepartnern und Jobs und so weiter.«

»Du bist unmöglich«, murmele ich, lächele dabei aber. »Wie halten deine Freunde es nur mit dir aus?«

»Viel Wein«, meint Gabe trocken und hebt sein Glas für einen Toast. »Auf beste Freunde.«

»Keine Sorge«, flüstert Brooks mir zu. »Ich habe einen ganzen Weinkeller. Wir werden uns schon arrangieren.«

Sanft lächele ich und küsse seine Wange. Ich glaube kaum, dass ich demnächst genug von seiner Anwesenheit haben könnte. Er gibt mir das beste Gefühl der Welt, weil er der beste Mensch ist, der mir jemals begegnet ist.

Nach einem feuchtfröhlichen Abend machen die anderen es sich in Schlafsäcken im Wohnzimmer gemütlich, während Brooks und ich uns ins Schlafzimmer verziehen.

»Wir können keinen Sex haben«, zische ich, als Brooks seine Hände unter mein Shirt drängt. »Deine Freunde hören das doch.«

»Dann müssen wir eben leise sein«, flüstert er in mein Ohr und schiebt eine Hand in meine Hose. Aus seinem Mund kommt ein erfreutes Brummen, als er auf meine Unterwäsche stößt.

»Spitze, wow. Mein unartiger Junge, so böse und heiß. Hätte ich das gewusst, hätte ich dich schon vor Stunden gevögelt.«

Lachend schiebe ich seine Hände weg. »Nein, Brooks. Du musst dich gedulden, bis wir in New York sind.«

Er schnaubt empört. »Vergiss es, mein Schatz. Ich kann nicht einmal eine weitere Sekunde warten. Zieh dich sofort aus.«

Als ich seine Hände erneut wegschiebe, richtet er sich auf und blickt auf mich herab. »Du weißt gar nicht, wie oft ich den anderen schon beim Sex zugehört habe. Das sehen wir alle nicht so eng. Andernfalls kann ich dich auch knebeln.«

»Du bist ein Idiot«, werfe ich ihm vor, umfasse aber seine Wangen und ziehe ihn zu einem Kuss heran.

»Hmh«, macht Brooks. »Wir brauchen langsam ein Safeword. Willst du jetzt wirklich nicht oder darf ich dich endlich ausziehen?«

»Du darfst«, flüstere ich ihm zu. »Aber wir müssen leise sein.«

»Versprochen.« Er zieht die Decke zwischen uns weg und streift mir den Pullover über den Kopf. Auch die Jeans verschwindet, bis ich nur noch das Spitzenhöschen trage. Er küsst sich den Weg über meinen Oberkörper und reibt das Gesicht an der Unterwäsche.

Mein Schwanz wird härter und ich muss mir in die Handfläche beißen, um nicht laut zu stöhnen.

Brooks benutzt das Gleitgel, schiebt das Höschen zur Seite und fingert mich, bis ich komme.

»Du siehst gerade so verdammt heiß aus«, brummt er gegen meine Haut. »So versaut und schmutzig.«

Als er die Finger aus mir herauszieht, stöhne ich protestierend. »Ich muss dich spüren«, flehe ich. »Bitte fick mich.«

Brooks umfasst mein Kinn und küsst mich. Ich spüre sein Lächeln. »Du weiß gar nicht, wie gerne ich diese Worte aus deinem Mund höre, mein Schatz.«

Ist das nicht der perfekte Abschluss dieses Weihnachtsabends? Ich könnte mir keinen besseren vorstellen.

Kapitel 25: Veränderungen

Jamie

Am ersten Weihnachtsfeiertag frühstücken wir entspannt, es gibt Kaffee, Tee und die Reste vom Vortag. Ich bin froh, dass innerhalb der Gruppe keine Geschenke getauscht werden, da ich gar nicht daran gedacht habe, irgendetwas zu besorgen. Es herrscht einfach eine lockere, familiäre Stimmung und irgendwie habe ich das Glück, das dieses Jahr mitzuerleben.

Wie mein Weihnachten wohl nächstes Jahr aussieht? Ich will mich auf das Hier und Jetzt konzentrieren, aber es fällt mir schwer, mir keine negativen Zukunftsszenarien auszumalen.

»Willst du einen bestimmten Song hören?«, fragt Brooks gut gelaunt, als wir am Nachmittag in seinen Wagen steigen, um in meine Wohnung zu fahren. Seine Freunde bleiben an diesem Tag in der Hütte.

Es ist erleichternd, fürs Erste nur Brooks mitzunehmen, bevor die anderen dazustoßen. Vor zwei Wochen habe ich noch gedacht, niemanden, vor allem nicht einen Mann wie Brooks, freiwillig in meine Wohnung zu lassen, aber es hat sich so einiges geändert.

Ich werde mit ihm nach New York ziehen, verdammte Scheiße.

»Schatz?«

Blinzelnd reiße ich mich aus Gedanken und drehe den Kopf zu ihm. »Was hast du gesagt?«

Brooks lächelt nachsichtig, nimmt eine Hand vom Lenkrad und legt sie auf meinen Oberschenkel. »Geht es dir gut, mein Süßer?«

»Ja, es fühlt sich nur beängstigend an, zurück in meine Wohnung zu fahren und dich mitzunehmen.«

Er greift nach meiner Hand und führt sie zu seinen Lippen. »Schon gut, ich bin bei dir.«

»Danke, Baby.«

»Ich liebe dich«, flüstert er, so leise, dass ich es beinahe nicht höre. Mein Herz schlägt einen Takt schneller.

»Lass uns fahren«, entscheide ich und zwinge mich zu einem wackeligen Lächeln. »Die Musik darfst du aussuchen.«

»Gut, dann zeige ich dir meine Lieblingsband. Ich hoffe, du magst Rock.«

Nicht unbedingt, aber ich genieße jeden Song und frage mich, was Brooks in diesen Liedern sieht. Ist es der Text, die Melodie, einfach der Klang? Es macht Spaß, Dinge zu hören, die ihn begeistern.

Dadurch vergeht die Fahrt viel zu schnell und schon wenig später stehen wir vor meiner Wohnung.

»Ich habe einen Laster angemietet, aber den können wir erst am 27.12. abholen«, erklärt Brooks.

»Vielleicht können wir schon mal einpacken.«

»Ich weiß gar nicht, ob das notwendig ist«, murmele ich. »So viel Zeug habe ich nicht und das meiste könnte man sicher wegschmeißen. Ich will dein schickes Apartment nicht mit meinen alten Möbeln vollstellen.«

Brooks dreht mich zu sich, umfasst meine Wangen und küsst mich zärtlich. »Ich habe genug Platz und alles, was dir wichtig ist, nehmen wir mit.«

Gott, warum muss er immer so perfekte Sachen sagen? Manchmal glaube ich, dass alles nur ein Traum ist.

»Wollen wir jetzt reingehen?«, fragt Brooks aufmunternd und ich nicke, auch wenn mir nicht danach ist.

Es ist mir unangenehm, dass er gleich den Ort sehen wird, an dem ich lebe. Das muss für ihn eine billige Absteige sein, in der er nicht einmal übernachten würde, wenn es umsonst wäre.

Mit zittrigen Fingern hole ich meinen Schlüssel hervor und führe Brooks in den zweiten Stock, in dem die Wohnung liegt. Abgestandene, kalte Luft schlägt uns entgegen und lässt mich frösteln.

»Tja, das ist mein Zuhause«, stelle ich fest. Ich versuche, das alles mit Brooks' Augen zu sehen. Für mich ist es Normalität. Die alte Küche mit der zerkratzten Arbeitsfläche, der wackelige Küchentisch, das grüne Sofa und der Fernseher auf dem behelfsmäßigen Sideboard.

»Zeigst du mir dein Zimmer?«, fragt Brooks mit ruhiger, fester Stimme.

»Ja. Komm mit.« Ich führe ihn zu der Tür links, die noch offen steht, so wie ich sie hinterlassen habe. Mein Bett ist ungemacht, Decken und Pullover liegen herum, auf meinem Nachttisch steht mein roter Wecker, in der Kommode meine alten Turnschuhe.

»Ich habe vergessen, wie kalt es in dieser Wohnung ist«, gestehe ich und schlinge die Arme um mich selbst.

Brooks tritt näher zu mir. »Es gibt nichts, wofür du dich schämen musst, okay? Ich bin so stolz auf dich, dass du alles allein auf die Reihe bekommen hast, trotz aller Steine, die dir in den Weg gelegt wurden.«

Ich spüre, wie Tränen in meinen Augen brennen, aber ich lasse sie nicht zu.

»Ich glaube, ich habe irgendwo noch eine Reisetasche«, murmele ich und reiße mich damit selbst aus der Traurigkeit. »Meine Klamotten kann ich schonmal zusammensuchen.«

»Okay, kann ich dir helfen?«, fragt Brooks.

»Ja, vielleicht könntest du die Nachttischschubladen ausräumen?«

»Mach ich.«

Ich habe mehr Zeug als gedacht, aber vieles davon möchte ich nicht mitnehmen. Alte Technikgeräte, abgetragene Klamotten und löchrige Socken entsorge ich gleich. Gerade als wir zwei volle Reisetaschen mit Kleidung in Brooks' Wagen laden, schlendert Sue um die Ecke.

»Jamie!«, strahlt sie mich mit geröteten Wangen an. »Gut, dass ich dich noch erwische. Ich bin etwas spät dran.«

»Hey.« Überfordert erwidere ich ihre stürmische Umarmung und wende mich dann Brooks zu. »Das ist meine Mitbewohnerin, Sue. Sue – Brooks.«

»Ah, du bist der geheime Lover aus dem Internet.« Sue schüttelt seine Hand, die Augen argwöhnisch verengt. »Weißt du, wie merkwürdig es ist, aus dem Nichts aufzutauchen und meinen Freund in einen anderen Bundesstaat zu entführen?«

Brooks lacht auf. »In der Tat.«

»Wollen wir hochgehen und alles besprechen?«, frage ich, doch Sue schüttelt den Kopf.

»Lass uns lieber einen Kaffee trinken.« Sie grinst schief. »Ich wüsste da einen Ort.«

Ich weiß sofort, worauf sie hinauswill: unser alter Arbeitsplatz. Das Café ist ein Stück entfernt, aber wir beschließen dennoch, zu Fuß zu gehen und die kalte Winterluft zu genießen.

Es ist komisch, hierhin zurückzukehren. Ich habe jahrelang hinter dem Tresen gearbeitet, es wurde zu meinem zweiten Zuhause, ein sicherer Hafen. Das ist der Ort, an dem ich Brooks das erste Mal getroffen habe.

Dieses Mal bin ich als Gast hier, ich bestelle Kaffee und mehrere von den Gebäckstücken, die ich mir früher immer mitnehmen durfte, wenn sie übrig geblieben sind.

Wir unterhalten uns eine ganze Weile, Sue löchert Brooks und erzählt im Gegenzug von unserem Kennenlernen und den beiden Katzen, die zukünftig bei Sue und MJ bleiben werden.

»Ich verstehe, warum ihr befreundet seid«, lautet Brooks' Fazit, als wir durch den Schnee zurück zu seinem Wagen laufen.

»Das habe ich nie so gesehen«, gestehe ich. »Dass wir Freunde sind, meine ich. Es erschien mir so surreal, dass ein positiver Mensch wie Sue tatsächlich Zeit mit mir verbringen will.«

»Ich verbringe gerne Zeit mit dir«, meint Brooks. »Ich kann sehr gut verstehen, warum Sue es ebenfalls tut.«

Ich greife nach seiner Hand und drücke seine Finger fester. Im Moment will ich ihm nicht widersprechen. Da ist zu viel Hoffnung in mir. Hoffnung darauf, dass er Recht haben könnte.

Zwei Tage später kehren wir dem Skiresort und damit Chicago den Rücken. Tatsächlich habe ich mich mit Sue darauf geeinigt, meine wenigen Möbel in der Wohnung zu lassen. Auch mein Auto, das mehr einer Rostlaube gleicht, aber mich immer zuverlässig von A nach B befördert hat, kauft Sue mir für zweihundert Dollar ab. Damit kann ich in New York herzlich wenig anfangen und ich befürchte, dass es die lange Fahrt ohnehin nicht überstanden hätte.

Mein ganzes Hab und Gut passt zum Glück in Brooks' Wagen, so dass wir keinen zusätzlichen Laster anmieten müssen. Der Vorteil daran war auch, dass wir seine Freunde nicht zum Möbelpacken beordern mussten und so die verbleibenden Weihnachtsfeiertage entspannt verbringen konnten.

»Bist du sicher?«, hat Brooks eindringlich gefragt und ich habe genickt und es auch so gemeint. All die zusammengewürfelten Möbel bedeuten mir nichts. Nichts davon möchte ich in mein neues Leben mit Brooks mitnehmen.

Wir kommen mitten in der Nacht in New York an. Ich bin müde vom langen Sitzen und froh, aus dem Auto aussteigen zu können.

»Es ist überraschend ruhig«, stelle ich fest. Kein Straßenlärm oder Menschenmassen in Sicht. Ich habe mir New York anders vorgestellt.

»Wir sind auf der Upper East Side. Ich freue mich, dir alles zu zeigen, bei Tageslicht ist es noch viel schöner«, erklärt Brooks und schultert eine der Reisetaschen. »Den Rest können wir später holen. Ich will gerade einfach nur mit dir ins Bett fallen, mein Süßer.«

Dagegen habe ich rein gar nichts einzuwenden. Der Eingangsbereich wird von einem Portier bewacht, er grüßt freundlich und Brooks zeigt mir den Weg zu den Aufzügen. Schon allein der Fahrstuhl und der Flur sehen so luxuriös und gepflegt aus, dass ich mich ein wenig fehl am Platz fühle.

Aber es ist nur Brooks. Er schenkt mir ein warmes Lächeln und küsst meine Handfläche, bevor er seine Tür öffnet und sie mir aufhält.

»Bitteschön, hereinspaziert.«

»Es riecht gut«, stelle ich als Erstes fest.

»Ich habe dir noch nicht verraten, dass ich eine Putzfrau habe. Sie war in meiner Abwesenheit einmal da, um alles zu säubern.«

»Du bist echt reich«, meine ich lachend.

»Wir können uns in Zukunft selbst darum kümmern, wenn es dir unangenehm ist«, meint Brooks. Unsicher sehe ich zu ihm auf, weswegen er mir eine Hand in den Nacken legt und mich liebevoll massiert. »Aber darüber können wir später nochmal reden, kein Stress.«

»Es sieht schön aus hier. Anders, als erwartet«, gestehe ich. Ich habe mit Designermöbeln und teuren Kunstwerken an der Wand gerechnet, aber nichts davon sehe ich hier. Stattdessen ist es gemütlich.

Überall stehen und hängen Bilder von ihm und seinen Freunden bei verschiedenen Aktivitäten. Alle Räume gehen fließend ineinander über, es gibt viel Platz und eine Fußbodenheizung, die eine himmlische, unaufdringliche Wärme spendet.

Im Wohnzimmer hat er ein großes Bücherregal an der Wand, überall stehen Pflanzen und die Backsteinwände verleihen dem Apartment einen gewissen Charme.

»Wollen wir gleich ins Bett, mein Schatz?«, schlägt Brooks vor und führt mich zu einer der Türen. Dahinter entdecke ich dunkle Wände und ein riesiges Bett, das geradezu zum Hineinfallen einlädt.

»Kann ich vorher die Dusche benutzen? Ich fühle mich dreckig.«

Mit einem halben Grinsen dreht er sich zu mir herum. »Ich mag dich dreckig, mein unartiger Junge.«

»Im wahrsten Sinne des Wortes«, lache ich und schiebe ihn weg, als er mich küssen will. »Ernsthaft. Ich muss duschen und mir die Zähne putzen, bevor wir uns näherkommen.«

»Ich habe eine bessere Idee. Ich lasse uns ein Bad ein, während du dich umsiehst. Klingt das gut?«

»Perfekt.« Jetzt lasse ich doch zu, dass er mich küsst. Ein warmes Gefühl durchströmt mich. »Danke, Baby.«

»Ich bin so unglaublich froh, dass du bei mir bist, Jamie. Ich wüsste nicht, was ich tun sollte, hättest du Nein gesagt.«

Erneut schießen mir Tränen in die Augen, wie vor ein paar Tagen in meiner Wohnung, aber dieses Mal kann ich sie nicht zurückhalten. Brooks bemerkt es nicht, da er sich bereits abgewendet hat und ins Zimmer nebenan verschwindet.

Mit einem Lächeln wische ich sie weg und schlendere zurück in den Wohnbereich. Durch die großen Fenster hat man einen Blick auf New York, Mondlicht scheint herein und beleuchtet das Mobiliar. Tief durchatmend trete ich näher und schaue heraus.

Schnee rieselt gegen das Fenster, in der Ferne kann ich die lichterfrohe Beleuchtung der Nachbarn sehen.

Unglaublich. Ich bin in New York mit meinem festen Freund, der auch noch jede meiner Fantasien wahr werden lässt. Ein Mann, der bereit ist, mir zu einem besseren Leben zu verhelfen.

Keine Ahnung, wie ich das überhaupt verdient habe, aber ich will es nicht länger hinterfragen. Ich akzeptiere, dass mir auch gute Dinge widerfahren können. Wie das Wunder, dass Brooks dasselbe für mich empfindet wie ich für ihn. Ein Weihnachtswunder, schätze ich.

Brooks

»Hey Süßer, bist du öfter hier?«

Mit einer skeptisch in die Höhe gezogenen Augenbraue drehe ich mich herum und sehe auf den sehr attraktiven Mann herab, der sich gerade so ungeniert an mich ranschmeißt.

»Entschuldige, ich bin vergeben«, sage ich und hebe das Glas an meine Lippen, um einen Schluck von dem Eggnog zu nehmen. Lächelnd lasse ich den Blick einmal über seine Gestalt hoch- und runterwandern. »Aber bei dir könnte ich eine Ausnahme machen, Frechdachs.«

Jamie zieht empört die Augenbrauen zusammen. »So leicht lässt du dich umstimmen? Ein bisschen mehr Widerstand hätte ich schon erwartet.«

Lachend schlinge ich die Arme um seine Mitte und ziehe ihn zu einem Kuss heran. »Ich dachte, wir spielen einen Porno nach, kein dramatisches Theaterstück.«

»Einen gut produzierten Porno. Wir brauchen eine realistische Hintergrundstory.«

»Hey, in unserem Haus wird kein Porno gedreht!«, ruft Ramon quer durch den Raum. Verdammt, er und sein gutes Gehör.

Jamie grinst mich frech an und streckt sich zu einem Kuss, den ich schnell vertiefe.

Eigentlich bin ich nicht für öffentliche Liebesbekundungen unter fremden Menschen, aber ich habe bereits drei Becher Eggnog intus und es ist Weihnachten, verdammt. Das ist quasi unser Jahrestag.

Unglaublich, dass er dreihundertvierundsechzig Tage schon mein Freund ist und ich immer noch so süchtig nach seinen Berührungen bin.

»Okay, das reicht«, murmelt Jamie, unterbricht den Kuss und richtet mein Jackett. Sein süßes Lächeln lässt mein Herz schmelzen. »Heben wir uns etwas für heute Abend auf.«

»Langweilig, aber okay.«

Er kneift mich, ehe er sich abwendet und eines von den Häppchen nimmt. Wir haben entschieden, Heiligabend bei unseren Freunden zu verbringen, da Ramon und Trevor eine große Party schmeißen. Es sind etliche Leute da und das Ganze ist edler, als ich gedacht hätte. Ich liebe meine Freunde, aber ich freue mich schon darauf, bald wieder mit Jamie allein zu sein.

Morgen werden wir in ein Skiresort fahren, wie wir es letztes Jahr beschlossen haben. Nicht nach Chicago, da keiner von uns sich die Fahrt antun wollte, doch das Wichtigste ist, dass wir ein paar Tage nur Zeit füreinander haben.

Ich habe mein Arbeitspensum Anfang des Jahres drastisch reduziert, aber das ging nicht von heute auf morgen. Es gab immer noch Abende, an denen ich länger bleiben musste, und Wochenenden, die ich im Büro verbracht habe. Jamie hat sich darüber nie beschwert, aber ich merke selbst, dass es mich stresst, wenn ich nicht genug Zeit mit meinem Freund verbringen kann. Das fühlt sich einfach nicht richtig an.

Zu Anfang hat Jamie sogar in meiner Firma als Assistent der Geschäftsleitung gearbeitet. Ich habe es geliebt, ihn jeden Tag an meinem Arbeitsplatz zu sehen, mit ihm zu Mittag zu essen und gemeinsam nach Hause zu fahren.

Doch Jamie hat den Posten schnell als Sprungbrett genutzt und arbeitet jetzt in einem renommierten Verlag, was ihm viel mehr Spaß macht. Ich bin traurig und gleichzeitig glücklich für ihn.

»Hier, für dich, Baby.« Jamie kommt wieder an meine Seite und drückt mir ein weiteres Glas in die Hand. Er schmiegt sich an mich. »Du siehst so wahnsinnig gut aus in diesem Weihnachtspullover.«

Schmunzelnd sehe ich auf den überdimensionalen Rentierkopf herab. Den habe ich eigentlich nur an, weil ich Marie und Gabes kleine Tochter beeindrucken will, aber, nun ja, sie ist erst einen Monat alt und interessiert sich hauptsächlich für die Brust ihrer Mutter.

»Macht dich das scharf?«, frage ich raunend.

Jamie nickt sehr überzeugend. »Oh, ja. Ich will dir alles ausziehen bis auf den Pullover und dann sind da nur noch du, ich und Rudolph.«

»Das macht mir irgendwie Angst.«

Mein Freund lacht und verschränkt unsere Finger. »Was, kein heißer Dreier?«

Ich ziehe meine Hand aus seiner, um sie in seinen Nacken zu legen. Mit etwas Druck dirigiere ich seinen Kopf so, dass er zu mir aufsehen muss. Ich beuge mich vor und bringe unsere Lippen dicht voreinander. »Keine Chance. Niemand außer mir wird dich anrühren.«

Jamie schluckt. »Ja, Sir. Ich meine Nein, natürlich nicht, Sir.«

Ich schmunzele. »Guter Junge.«

»Jamie. Brooks.« Marie kommt uns entgegen, sie wirkt gestresst und übermüdet. Arme Mommy. Voller Selbstverständlichkeit drückt sie Jamie das kleine Bündel in den Arm. »Bitte, ihr habt Onkelpflichten zu erfüllen. Sie ist frisch gewickelt und gefüttert und muss ein Bäuerchen machen. Ich brauche zehn Minuten, um mir Gurkenscheiben auf die Augen zu legen und mich mit Ramons Häppchen vollzustopfen.«

»Alles klar, ich mach das schon«, verspricht Jamie, auch wenn er etwas überfordert wirkt. Vorsichtig wiegt er die kleine Joana hin und her. Lächelnd beuge ich mich über seine Schulter und streichele der Maus über die Wange.

Es ist schön, zu sehen, dass unsere Gruppe weiter wächst.

»Das war ein lustiger Abend«, lautet mein Fazit, als wir gegen Mitternacht endlich wieder in unserem Apartment ankommen. Gähnend schlendere ich zur Küche, um eine Flasche Wasser aus dem Kühlschrank zu holen. »Ramons Kollegen sind nett.«

»Ja, auch wenn ich soziale Interaktionen mit fremden Menschen immer noch anstrengend finde«, murrt Jamie. Er folgt mir in die Küche und drückt mir einen Kuss auf die Schulter.

Ich schmunzele. »Ich weiß, mein Schatz. Aber das hast du toll gemacht.«

»Joana war eine gute Ablenkung. Wenn man ein Baby auf dem Arm hat, kommt man viel leichter mit anderen ins Gespräch und hat immer ein Thema, über das man reden kann.«

»Willst du auch eins?«, frage ich, lasse es scherzhaft klingen, aber meine es irgendwie ernst. Über Kinder habe ich mir nie Gedanken gemacht, meine Arbeit war immer wichtiger, doch jetzt …

»Kann sein«, antwortet Jamie. Ich drehe mich zu ihm herum, umfasse seine Hüften und hebe ihn auf die Arbeitsplatte, um mich zwischen seine Beine zu stellen. Er legt mir vorsichtig die Hände auf die Schultern. »Leihmutterschaft käme für mich nicht in Frage, aber vielleicht Adoption? Es muss auch kein Baby sein, es gibt genug Kinder, die sich nach einem sicheren Zuhause sehnen.«

Mein Herz wird schwer und warm bei seinen Worten und ungewollt schießen mir Tränen in die Augen. »Ich liebe dich so sehr, Jamie«, flüstere ich heiser.

Er krault liebevoll meinen Nacken. »Ich habe noch ein Geschenk für dich.«

»Was?« Ich hebe eine Augenbraue. »Ich dachte, wir schenken uns nichts.«

»Ja, ich weiß. Es ist auch eher etwas Symbolisches.«

Ich lasse ihn los, damit er in seine Hosentasche greifen kann. Seine Finger zittern ein bisschen, als er etwas herausholt und vor meinem Gesicht baumeln lässt. Es ist eine Kette, an der ein Schlüssel hängt.

»Wofür ist der?«, frage ich verblüfft.

»Er gehört zu einem Schließfach in Chicago, das ich bis heute angemietet habe.«

Verwirrt runzele ich die Stirn. »Was ist da drin?«

»Im Moment gar nichts.« Jamie räuspert sich, greift nach meiner Hand und legt den Schlüssel hinein. »In meiner schlimmsten Zeit habe ich in einer Obdachlosenunterkunft übernachtet. Ich hatte Angst um das wenige Zeug, das ich besaß, weswegen ich ein Schließfach angemietet und es dort verstaut habe. Danach habe ich es behalten ... für den Fall der Fälle.«

Alles in mir schmerzt bei dem Gedanken, was mein Jamie alles durchmachen musste. Wir kannten uns damals nicht und ich kann seine Vergangenheit nicht ändern, egal wie sehr ich es will. Er hatte das einfach nicht verdient. Er ist der beste Mensch, den ich kenne.

Gott, ich bin sowas von verliebt in ihn.

»Das Schließfach war lange Zeit alles, was ich hatte«, fährt Jamie leise fort. »Ich will, dass es dir gehört, weil ich nur wegen dir jetzt so viel mehr habe.«

»Es ist nicht wegen mir«, erwidere ich ruhig. »Du hast dich allein durchgekämpft und hochgearbeitet, Jamie.« Ich senke den Kopf, um mir die Kette mit dem Schlüssel anzuziehen. Das kühle Metall trifft angenehm auf meine Brust.

Wir küssen uns und ich schmecke sein Lächeln auf meinen Lippen. Das ist das schönste Weihnachten, das ich jemals hatte, obwohl ich mir das letztes Jahr schon gedacht habe.

Ich schätze, es liegt an Jamie, und solange er bei mir ist, werde ich noch viele weitere, wunderschöne Festtage erleben dürfen.

Das ist das schönste Geschenk von allen.

Danke!

Ich hoffe du hattest oder hast noch wunderschöne Weihnachtsfeiertage! 2023 neigt sich schon wieder dem Ende und ich komme nicht umhin, mit großer Dankbarkeit auf dieses Jahr zurückzublicken.

Ich hoffe, diese Weihnachtsgeschichte hat dich unterhalten, konnte dich in besinnliche Stimmung versetzen und vielleicht ein bisschen ablenken und positiv stimmen. Wie immer freue ich mich über eine Rezension auf Amazon.

Bis dahin – vielleicht lesen wir uns auch im neuen Jahr wieder. Folge mir gerne auf Instagram (@katyraze) um keine Infos zu verpassen.

Alles Liebe,
Katy